KB114182

# 딕스전기

FANTASY FRONTIER SPIRIT

## 봉사 판타지 장편 소설

# 딕스전기 2

봉사 판타지 장편 소설

초판 1쇄 찍은 날 § 2014년 8월 19일
초판 1쇄 펴낸 날 § 2014년 8월 26일

지은이 § 봉사
펴낸이 § 서경석

편집부장 § 권태완
편집책임 § 박용서
편집 § 박가연

펴낸곳 § 도서출판 청어람
등록번호 § 제387-1999-000006호
등록일자 § 1999. 5. 31
어람번호 § 제1-1918호

주소 § 경기도 부천시 원미구 부일로 483번길 40 서경B/D 3F (우) 420-822
전화 § 032-656-4452  팩스 § 032-656-4453
http://www.chungeoram.com
E-mail § chungeorambook@daum.net

ISBN 979-11-316-9165-6 04810
ISBN 979-11-316-9163-2 (세트)

봉사 판타지 장편 소설

FANTASY FRONTIER SPIRIT

# 딕스전기

2

# DIX SAGA

도서출판 청어람

# CONTENTS

# 딕스전기
# DIX SAGA

# 제1장

울지 않는 새가 되다

마법부 건물 내 식당.

오랜만에 마법부 소속 물의 재능자가 모여서 식사를 하고 있었다.

코론, 바이트, 페일, 딕스. 물의 재능자 중 유일한 여성인 과묵한 리디아는 늘 이런 자리에 참석하는 법이 없다.

당연 남자 넷이서 오붓하게 식사 중이다.

"사신단이 내일 돌아간대요. 이번엔 얼마나 뜯어갔을까요? 작년엔 그 자식들이 전년보다 조공을 두 배나 더 요구하는 바람에 물가가 무려 세 배나 치솟았었는데. 이번엔 어떨지 모르겠네. 휴우, 이래서 사람이나 나라나 힘이 있어야 한다니까."

사신단과 제국을 싸잡아 욕하며 불평불만을 토해내는 코론의 입은 먹으면서도 잘만 떠들고 있었다.

불행하게도 딕스는 코론의 맞은편에 앉아 있었다.

상대의 입에서 음식 파편이 튀는 걸 감시하느라 소년은 신경을 바짝 곤두세웠다.

밥상머리에서 씹다만 타액으로 번들거리는 육류와 곡류가 믹스 된 진득한 파편을 맞거나 혹은 접시에 떨어지면 있던 식욕도 싹 달아난다.

코론의 저 열띤 수다는 그래서 딕스에겐 굉장한 스트레스였다.

'능력이 있어도 있다 말하지 못하고 돈벌이가 되는 아르바이트 자리가 방긋 웃으며 손짓해도 갈 수 없는……. 아! 가련한 내 처지를 누가 알아주려나? 휴우……. 저 인간, 왜 저리 음식을 사방팔방으로 튀기는 거야. 선배만 아니면 그냥 확! 에휴휴.'

속으론 별의별 욕설을 다 쏟아내지만 선배들을 향한 딕스의 얼굴은 항상 그렇듯 웃고 있었다.

작은 천사처럼.

지금의 방긋거림 한 번이 연줄이고 인맥으로 형성되어 후일 든든한 백그라운드가 된다.

그러니 더러워도 참고 아니꼬워도 참는다.

그래도 이건 너무 심하지 않은가.

잠시 엉뚱한 생각을 하다가 그만 파편 하나를 허용하고 말았다.

우웩!

'속이 메슥거리네.'

딕스의 속사정과 달리 바이트와 페일은 코론의 파편을 걱정하지 않아도 되는 안전지대에 있었다.

이들의 노련한 자리 선점에 딕스는 자신의 경험 부족에 대해 뼈저리게 반성했다.

물론 막내의 설움도.

부당한 건 코론 당신이잖아! 식탁에선 그 입 좀 다물어 이수다쟁이야! 딕스는 마음속으로 이처럼 소리 지르고 있었다.

"제국의 부당한 요구가 어디 하루 이틀 있는 일이냐. 그보다 이번 사신단에 클라우드 공자가 왔잖아. 듣기로는 클라우드 공자와 엘리자베스 공주님의 혼사 문제가 거론됐다던데."

점잖은 바이트의 말에 코론과 페일이 관심을 보였다.

코론의 만행으로 가뜩이나 식욕이 떨어지고 있던 딕스에게 바이트가 거론한 국혼에 대한 일은 입맛을 완전히 잃게 만들었다.

하필 그 재수 바가지인 클라우드가 공주님의 배필감으로 거론되고 있다니.

"나도 그 소문은 들었는데. 휴우, 걱정이야."

맞장구치는 페일의 표정은 그리 밝지 않았다.

딕스는 공주와 클라우드의 국혼 문제를 자신만 삐딱한 시선으로 보고 있지 않다는 점에 기분이 조금 풀렸다.

역시 사람 보는 안목은 다 거기서 거기인 것이다.

입안의 음식물을 드디어 꿀꺽 삼킨 코론이 마른기침을 몇 번 토해내더니 급관심을 보였다.

"그리되면 좋은 거 아네요? 야니스 공작 가문이라면 제국에서도 둘째가라면 서러워할 권세 있는 명문가잖아요. 우리 공주님과 클라우드 공자가 결혼만 하면 제국의 무리한 조공 요구도 사라지는 계기가 되지 않을까요?"

기대에 찬 코론의 말에 바이트와 페일이 혀를 찼다.

설교하길 좋아하는 페일이 목에 힘을 주었다.

"공국이 제국에 먹힐 수 있단 생각은 안 해봤냐? 놈들은 공국민을 사람 취급도 안 해. 그런 놈들이 상전이 된다고 생각해 봐라. 집안 거덜 나는 건 시간문제야. 코앞의 이익만 보지 말고 생각 좀 깊게 해라. 계집애들 뒤꽁무니만 쫓아다닐 생각 말고."

페일의 핀잔에 코론의 입술이 새부리처럼 튀어나온다.

"꼬맹이도 있는데 그렇게 말하면 제 체면이 뭐가 돼요?"

물고기는 물에 살고, 새가 하늘에 사는 것처럼 돈과 여자를 밝히지 않는 코론을 어찌 코론이라 하겠는가!

처음엔 딕스 앞에서 나름 무게 잡던 이 인간의 본성은 얼마 가지 않아 다 들통 났다.

딕스는 코론을 곁눈질로 힐끔거리며 내심 그를 물 먹인 페일 선배를 향해 엄지를 치켜세웠다.

물론 속으로.

"선배면 선배답게 처신하란 소리다."

"내가 선배로서 저 꼬맹이에게 못한 게 뭔데요?"

"됐다, 됐어. 너랑 입씨름하면 내 입만 아프니까. 여기서 그만하자."

두 사람의 말씨름이 길어질 기미를 보이자 바이트가 자리에서 일어났다.

물과 기름 같은 코론과 페일. 그럼에도 둘은 자주 어울린다. 마법부 최강의 아이러니 커플이랄까. 이들의 중재자인 바이트는 무슨 이유에서인지 오늘은 개입할 생각을 하지 않았다.

딕스는 식당에 있어봐야 득 될 게 하나도 없었기에 자리에서 일어났다.

코론이 딕스에게 시선을 주었다.

딕스는 그의 눈빛에서 그가 자신에게 하고자 하는 말을 짐작하고 있었다.

그는 분명 이리 말할 것이다.

'꼬맹아, 너 내가 좋아, 페일 형이 좋아?' 라고.

하지만 모든 선배의 사랑을 받아야 하는 입장에서 누구를 편들겠는가.

저들의 유치한 말싸움에 끼어봐야 자신만 피곤해진다.

하지만 오늘은 심정적으로 페일 선배를 편들고 싶은 딕스였다.

심정적으로만.

"꼬맹이, 밥 안 먹고 왜 일어나냐? 황소처럼 먹던 녀석이 오늘은 반도 안 먹었네. 어디 아프냐?"

코론은 하고 싶었던 말을 하지 못했다.

딕스가 재빨리 일어나는 통에 타이밍을 놓친 것이다.

"아뇨, 똥 마려워서요. 화장실에 가서 마저 퍼먹으려고요."

딕스의 생생한 표현에 코론은 이를 상상하고 말았다.

똥 누면서 밥 먹는 딕스의 모습을 말이다.

남을 배려하지 않는 식사 예절을 가진 코론은 의외로 비위가 상당히 약한 편이었다.

이런 그에게 딕스의 말은 치명적이다.

"익, 더러운 놈!"

딕스는 자신의 소심한 복수에 만족감을 느끼며 발걸음을 재촉했다.

오늘은 코론의 설교를 들어줄 만큼 기분이 좋지 않았다.

'엘리자베스 공주님의 표정이 그래서 우울하셨던 건가?'

얼마 전, 수련장에서 본 공주님의 얼굴이 문득 떠올랐다.

그러나 그건 어디까지나 공주님의 인생이지 자신의 인생이 아니다.

클라우드가 공주님의 남편감으로 거론되는 게 심히 불쾌했지만 어쩌겠는가! 높으신 분들이 알아서 할 일이다.

'공주님의 당부를 잊고 내 실력을 뽐낼 수도 없으니……. 에고, 슬프다 슬퍼.'

당장은 자신의 처지가 더 슬픈 딕스였다.

*     *     *

한동안 딕스는 자신의 능력을 뽐낼 수 없다는 생각에 맥 빠진 모습을 보였다.

하지만 그러한 모습은 곧 사라졌다.

견습 마법사가 되어 아르바이트를 뛰는 것보단 하루빨리 정식 마법사가 되는 게 더 이익이란 자각을 했기 때문이다.

일단 목표를 이리 잡으니 하루하루가 짧다는 생각에서 더욱더 수련에만 정진했다.

마력 문장의 완성을 위해서는 고도의 집중력과 세밀한 상상력 그리고 인내가 필요하다.

수련에 상상력이 필요한 이유는 점, 선, 변, 테두리의 형태, 상하좌우 반전에 따라 마력 문장의 성공과 실패가 좌우되기 때문이다.

생각해 보라.

자신의 인생에 작은 흠집이 생겼다는 이유로 그 인생 자체를 포기한다는 것을!

마력 문장 완성은 작은 오차가 발생해도 처음부터 다시 시작해야 하는 참으로 지루한 작업이다.

열쇠 구멍에 맞지 않은 열쇠를 어찌 열쇠라 부르겠는가.

오랫동안 수련을 해온 대부분의 재능자는 마력 문장 수련이후 휴식을 꽤 길게 잡는다.

그들은 마력 문장 완성을 운과 직결시켰다.

때문에 개개인의 수련자들은 미신을 신봉하는 경우가 많았다.

하지만 딕스의 경우는 미신보단 자신의 노력을 신봉했다.

촤아아악! 챠리링.

딕스는 의식의 마나 저수지에 채운 마나의 양만큼 현실 세계의 물을 조종할 수 있었다.

손짓에 따라 이리저리 움직이는 물 덩이를 허공에 띄워 공처럼 매끈하게 뭉치고 다시 작은 공으로 분산시켜 사방으로 날려 보냈다.

슈웅!

마나 저수지에 마나가 다 떨어지면 다시 마나를 채워 물 덩이를 일으켜서 갖고 놀았다.

마력 문장 수련에 지친 재능자 대부분이 산책이나 수면을 통해 피로감을 회복하지만 딕스는 이러한 놀이를 통해서 피로감을 회복했다.

이는 언젠가 파티 아르바이트를 하게 될 시 남들보다 좀 더 멋지고 특화된 광경을 연출하기 위해 틈틈이 연습했던 것인데 이것이 수련 후의 피로감을 현저히 줄이는 것을 발견한 뒤부터는 휴식 시간마다 꾸준히 해오고 있었다.

휴식을 끝낸 딕스는 이리저리 시선을 던졌다.

'누구 본 사람은 없겠지.'

쌀쌀한 날씨라 물의 재능자는 모두 실내 수련장에서 수련을 했다.

이들과 마찬가지로 딕스 역시 실내 수련장에서 수련을 하려고 했다.

하지만 자신만의 독특한 피로 회복 수련 방식 때문에 어쩔 수 없이 야외 수련장에서도 가장 외진 곳을 찾아내어 수련할 수밖에 없었다.

수련을 종료한 딕스는 자신만의 수련장에서 걸어 나왔다.

저 멀리 그의 시녀로 배정된 젤이 웃으며 다가오고 있었다.

"딕스 님."

"…젤, 여긴 왜 왔어? 날도 추운데."

딕스의 배려로 신년 연휴를 알차게 보낸 시녀 젤.

그녀는 소년이 감기로 앓아누웠다는 이야기를 들은 뒤 내내 미안한 마음을 갖고 있었다.

이러한 이유 때문인지 젤은 딕스에게 정성을 다했다.

"괜찮아요. 저보단 딕스 님이 더 힘드시죠. 참, 따뜻한 꿀

물을 가져왔어요."

"고마워. 젤."

젤이 건네준 차를 받아든 딕스는 바위 턱에 올라앉았다.

이전 공주님이 앉았던 바위여서인지 느낌이 남다르다.

호수를 덮고 있던 얼음은 하루하루 빠르게 녹고 있었다.

조만간 호수 주변에 새순이 올라오고 색색의 꽃봉오리가 이곳을 가득 채울 날도 멀지 않았다.

"참, 어머님의 병환은 차도가 있으셔?"

수도에서 5일 정도 떨어진 곳에 집이 있는 젤은 시녀 생활로 모은 돈을 탈탈 털어 수도에 있는 병원에 자신의 병든 어머니를 입원시켰다.

그녀의 사정을 듣게 된 딕스는 며칠을 고민하고 망설인 끝에 10골드를 쾌척하여 젤에게 깊은 감동을 준 바 있었다. 사실 고향에 계신 어머니가 떠올라서 젤을 도운 것이다.

"제 어머니의 일까지 신경 써주시고⋯⋯. 감사해요, 딕스님."

젤이 본 소년은 나이는 어리지만 행동은 대범하며 마음 씀씀이가 깊고 아름다웠다.

또한 잠자리 시중을 강제하는 다른 재능자들과 달리 자신을 강제하지도 않았다.

물론 그가 아직은 어려서겠지만.

'2년 후쯤이면 딕스 님도 성에 눈을 뜨시겠지? 그때면 난

노처녀가 되어 있겠네. 휴우.'

스물세 살이 과연 노처녀일까? 하긴 딕스와 비교하면 늙은 여자이긴 하다.

"젤, 나 부탁이 있는데."

"네? 마, 말씀하세요."

"어? 어디 아파? 얼굴이 빨개."

날이 많이 풀렸다곤 하지만 아직은 춥다.

딕스는 남은 꿀 차를 단숨에 마신 뒤 자신의 컵에 온기가 남은 꿀 차를 부어 그녀에게 건넸다.

독심술이 없으니 젤이 방금 무슨 생각을 했는지 그는 알지 못했다.

그녀의 얼굴을 보자 딕스는 자신의 부탁을 철회하기로 했다.

"이거 마셔."

"고마워요. 딕스 님."

젤은 자신의 마음이 들킬까 봐 황급히 차를 마셨다.

"그러다 입 데겠다. 어머니 병환이 걱정돼서 그래? 그렇담 난 괜찮으니까 병원에 가봐."

"아, 아뇨. 밤에 가도 돼요."

"밤샘하려고? 힘들지 않아? 어머니 병간호에 내 시중까지."

실제 젤은 그의 허락 없이는 어머니의 병간호조차 할 수 없었다.

이것만 해도 눈물을 왈칵 쏟을 만큼 고마웠다.

여기서 더 바라면 욕심이라고 젤은 생각했다.

하지만 웬걸, 어린 상전은 자신의 피곤함까지 걱정해 주며 배려를 아끼지 않았다.

그에게 제대로 봉사하지 않고 받기만 하자 젤은 미안했다.

그래서 할 수만 있다면 그가 원하는 모든 걸 들어주고 싶었다.

힘없는 시녀 따위가 무슨 도움이 되겠냐마는.

"딕스 님의 은혜를 어찌 보답해야 할지……. 뭐든 시켜만 주세요. 섶을 지고 불 속으로 뛰어들라고 해도 딕스 님을 위해서라면 웃으면서 뛰어들 수 있어요."

그에게 평생 동안 기억될 아름다운 로맨스의 상대가 되어 줄 수도 있다.

소년이 원한다면 배워서라도 꼭 그렇게 할 수 있었다.

또다시 젤의 두 볼이 발그레해진다.

그녀는 음란한 여자가 아니지만 젤이 딕스에게 해줄 수 있는 일이라곤 자신의 성($性$)이 전부였기에 그녀의 생각은 이런 식으로 뻗어나갈 수밖에 없었다.

"그런 소리 하지 마. 그런 얼토당토 않은 명령을 받으면 달아나야지 왜 무모하게 뛰어들어?"

딕스는 벌컥 화를 냈다.

예지몽에서 자신을 대신해서 죽어가던 어머니와 누나의 얼굴이 떠올랐다.

"진심인데……"

"됐어, 그런 얘기 안 해도 내가 할 수 있는 한 최선을 다해서 젤이 어머니를 병간호할 수 있게끔 도울게."

젤은 자신의 마음을 전혀 이해해 주지 않는 딕스가 살짝 원망스러웠다.

한편으론 어린애를 상대로 몹쓸 상상을 하는 자신의 탁한 영혼이 가련하기도 했다.

"딕스 님, 뭐든지 시키실 일이 있다면 주저 말고 명령을 내려주세요. 딕스 님의 은혜에 꼭 보답하고 싶어요."

"그래? 그럼 나 명령을 내릴게."

그의 말에 젤은 바짝 긴장하며 귀를 활짝 열었다.

"가서 잠 좀 자. 다크 서클이 턱 끝까지 내려왔어."

"어멋!"

여인의 외모를 노골적으로 지적하는 만행을 저지른 딕스.

하지만 순진무구하게 웃고 있는 저 얼굴을 향해 누가 돌을 던질 수 있을까.

"푹 자. 명령이니까 어기면 안 돼. 참, 남들 눈도 있으니까 내 방에서 자."

없이 자랐기에 없는 사람의 형편이 더욱더 눈에 들어온다.

이러니 효성이 지극한 젤에게 조금이라도 더 편의를 제공하고 싶은 딕스였다.

딕스는 수련 자세를 잡는 것으로 젤이 보내는 미안함과 고마움에 대한 쑥스러운 마음을 숨겼다.

자신이 발견한 피로 회복 수련은 나무가 병풍처럼 서 있는 말발굽 형태의 장소에서 해야 하지만 그 외의 수련은 장소에 연연할 필요가 없었다.

젤은 딕스의 모습을 물끄러미 바라본 뒤 말없이 인사하고 돌아갔다.

*　　　*　　　*

견습 마법사인 코론과 바이트는 하루가 멀다 하고 파티 아르바이트를 하고 있었다.

바쁜 선배들을 보노라면 사돈이 땅을 산 것도 아닌데 배가 아팠다.

'울지 못하는 새여! 너의 이름은 딕스이어라.'

한편으론 돈 몇 푼에 중요한 수련을 게을리하는 것 같아 자신의 투정이 한심하기도 했다.

그리고 공주의 경고, 아니, 충고를 어겼을 시 발생할지 모를 사태가 두려웠다.

그럼에도 아쉬움을 완전히 떨쳐낼 수 없는 이유는 바로 여기 있었다.

"재능자와 견습 마법사의 월급이 20골드나 차이가 난다고요!"

오늘은 월급 수령일이다.

선배 페일을 우연히 만난 그는 재능자와 견습 마법사의 차이를 듣게 됐다.

아르바이트를 뛰지 못하는 것도 억울하고 분한데 여기에 월급까지 차이가 난다.

정말이지 뼈아픈 손실이 아닐 수 없었다.

"표정이 그게 뭐냐?"

소년의 속도 모르고 페일은 사흘 굶은 결식아동 같은 딕스의 얼굴에 걱정을 드러냈다.

"페일 선배."

"응?"

"인생 참 거시기 한 것 같아요."

밤톨만 한 꼬맹이가 인생을 거론하자 페일은 헛웃음이 나왔지만 지나치게 진지한 딕스의 표정이 내심 걸려서 이를 드러내지 않았다.

그래도 우스운 건 우스운 것이다.

"녀석, 네가 인생을 아냐?"

"저에게도 저의 인생이 있는데 그걸 모른대서야 말이 돼요?"

페일 선배에게 화낼 일은 아니지만 눈앞에서 둥둥 떠다니는 금화의 모습이 자꾸만 떠올라서 그는 참을 수가 없었다.

"하하하. 맞다, 맞아. 너에게도 너의 인생이 있는 것이지. 크크, 그게 정답이구나."

"비웃음인가요?"

"아니다, 아니야. 철학자적 기질이 다분한 어린 후배가 참으로 귀엽고 신선해서 그런다."

두 사람은 월급 수령실에서 나온 뒤 건물 앞에서 각자의 길을 가기 전에 멈추어 섰다.

페일이 딕스를 불렀다.

"딕스, 나랑 밖에 안 나갈래? 너 요즘 기분도 안 좋은 것 같은데 내가 한턱 쏘마."

축 처진 딕스의 어깨가 안되어 보였던지 페일이 인심을 썼다.

딕스는 고개를 내저었다.

"말씀은 고맙지만 전 수련이나 할래요."

"쯧쯧, 그렇게 무작정 수련만 한다고 발전이 있겠니? 이런 날은 스트레스도 풀 겸 먹고 마시면서 활달하게 놀아야지."

무진장 수련 잘되는데요? 저 견습 마법사예요! 라는 말이 목구멍에서 맴돌았지만 딕스는 이를 말할 수 없었다.

그런데 선배는 왜 수련이 힘들다고 말하는 것일까? 자신만의 마력 문장을 완성하는 반복적인 작업이 지루하고 고단하긴 하지만 멋진 미래를 생각한다면 그 정도의 노력과 투자야 당연한 것이 아닐까.

"말씀은 고맙지만 사양할게요."

"싫다면야 어쩔 수 없지. 생각 있음 다음에 말해라. 내 시간 내서 시내 구경시켜 주마."

"신경 써주셔서 고마워요, 선배님. 헤헤."

돈 안 드는 애교로 선배의 사랑을 받는 일이다.

인맥은 소중한 재산이다.

허드렛일을 하는 사람이라도 무시하면 안 된다.

인생은 불가해한 것으로써 복잡한 인생의 긴 여정 중에 이들의 도움을 받을 날이 올 수도 있는 법이기 때문이다.

그래서 딕스는 두루두루 많은 사람들에게 좋은 인상을 심어주는 일을 게을리하지 않았다.

그래 봐야 그가 만나는 사람은 한정되어 있지만.

"커서는 그런 애교 피우지 마라. 여자 여럿 잡을 미소니까. 크크."

"설마요."

참 듣기 좋은 칭찬이다.

그만큼 자신이 매력적이라는 소리니까.

"좋냐? 후훗, 너도 천생 남자구나, 남자야."

"그럼, 제가 여자겠어요."

"크크크, 그런데 네 전담 시녀는 왜 건들지 않냐? 고추가 덜 여물었나 보네."

선배의 야한 농담에도 딕스는 태연했다.

남자들 둘만 모이면 빠지지 않는 단골 주제가 있다.

바로 음담패설이다.

전에는 참으로 어색했지만 이제는 면역력이 생긴 딕스였다.

"선배, 젤이 제 시중을 드는 사람이지만 함부로 대하는 것은 나쁘다고 생각해요. 제가 대단해서가 아니라… 으음, 젤에게는 아픈 어머니가 있어요. 그녀는 매일 어머니의 병간호를 하고 있어요. 누군가의 딸로서 말이에요. 만약 선배가 젤의 입장이거나 혹은 젤이 선배의 딸이라고 생각해 보세요."

페일은 머쓱한 표정을 지으며 그의 눈길을 피했다.

재능자들 치고 전담 시녀를 고이 내버려 둔 자는 없다.

그건 페일 역시 마찬가지였다.

진척 없는 반복적인 수련은 사람을 미치게 만들 때가 있다.

그럴 때 쉽게 접하고 풀어낼 수 있는 단기적인 방법은 여자의 육체가 최고였다.

한데 소년의 말을 들어보니 자신이 그동안 큰 죄를 지은 게 아닐까? 라는 생각이 들었다.

그러나 이도 잠시.

'남자의 인생에 출세와 성욕을 빼면 뭐가 남겠냐? 네가 어려서 그렇지 너도 커봐라. 인생 별거 없단다. 돈과 섹스! 다 그런 거란다. 있는 놈이나 없는 놈이나. 거기서 거긴 거야. 네

말이 아예 틀린 건 아니지만.'

이 말을 하고 싶었지만 저 맑은 영혼을 오염시키는 것도 죄악이라 생각한 페일은 딕스의 이마에 알밤 하나 남기고선 도망치듯 자리를 피해 버렸다.

슥슥.

페일 선배가 남겨준 이마의 훈장을 빡빡 문지르며 수련장으로 발길을 돌리려던 딕스는 건물 모퉁이에서 박수치며 나오는 자를 만났다.

짝짝짝.

누군가 싶어 자세히 바라본 딕스는 화들짝 놀랐다.

"벤, 벤자민 재상님!"

벤자민 반 라이프 후작.

50대 후반의 재상은 후덕한 인상과 모나지 않은 성격만큼이나 정치 감각을 갖춘 인물이란 평이 자자하다.

나름 궁궐 밥을 먹다 보니 이런저런 정보가 절로 들어온다.

딕스는 자세를 공손하게 고쳐 잡았다.

"딕스 군의 인성과 철학에 내 깊이 감탄했네. 하하."

"철학이라뇨. 당치도 않습니다, 재상님."

공손하지만 비굴하지 않은 모습으로 딕스는 겸양을 떨었다.

힘 있는 자들은 이상하게도 겸손하지만 당당한 자를 좋아했다.

그래서 나름 이러한 모습을 갖추기 위해서 연습을 꾸준히 해왔던 딕스였다.

그리고 이제야 그간의 노력을 펼쳐 보일 수 있었다.

"겸손하기까지 하구나."

딕스는 일국의 재상인 그가 자신을 지나치게 칭찬하는 것이 살짝 마음에 걸렸다.

좋은 말을 들어 나쁠 건 없지만 그것도 과하면 불안감을 조장하는 법이다.

소년의 상태가 딱 그와 같은 경우였다.

"월급 수령하고 나오는 길인가?"

"네, 재상님."

"내 듣기로 수도에 집을 구한다고 들었는데. 맞나?"

"……?!"

누가 말했을까? 아니, 어떻게 이 일을 알고 있는 걸까? 딕스는 순간 머릿속이 크게 혼란스러웠다.

자신도 모르는 사이 누군가 자신에 대해 재상에게 다 고해바치는 게 아닐까 싶었다.

여러 가지가 한꺼번에 확 걸린다.

이름도 모르는 헤라시의 시장에게서 받은 과자 값, 라제르 주점의 지배인에게 뺑 뜯은 일, 한 번뿐이지만 공주님과의 만남, 자신이 견습 마법사가 되었음에도 수련의 성과를 상부에 보고하지 않은 일, 작은형이 하사관 양성소에서 편하게 지내도록 만들기 위해 저지른 접대와 청탁, 자신에게 지급된 물품을 빼돌려서 시장에 내다 판 일 등등.

'우와, 나 정말 많이도 해 먹었네.'

찰나에 떠오른 자신의 지난날은 그야말로 부패 공무원의 전형이 아닌가.

화끈.

"놀랐나 보구나?"

"네? 아, 아뇨……. 저, 재상님."

"후훗, 말해보거라."

선량한 표정과 웃음이다.

한데 저러한 모습이 더 무섭게만 느껴지는 딕스였다.

이래서 사람은 죄를 지으면 안 되는 것이다.

"어, 어찌 아셨어요?"

"왜? 내가 네 주변에 감시자라도 붙여두었을까 싶어 그러는 것이냐?"

딕스는 크게 뜨끔했다.

"그, 그럴 리가요. 저처럼 하찮은……."

"쯧쯧, 자네가 하찮을 리가 있나. 군은 자부심을 가져도 좋다네. 자네는 이 나라의 동량이야. 원점에서 다시 이야기하도록 하세. 아직도 집을 구하고 있는가?"

"구하면 좋은데 수도의 집값이 너무 비싸서 엄두가 안 나요."

딕스는 푸념을 터뜨렸다.

그러다 이 나라의 재정과 정책을 책임지는 수장이 눈앞의 벤자민 재상이라는 게 퍼뜩 생각난 딕스는 보기 안쓰러울 정도로 화들짝 놀랐다.

자신의 말은 자칫 당신이 정치를 잘못해서 이렇잖아! 라는 질책으로 들릴 수 있다.

두근두근.

어린아이의 푸념 정도로 생각한 재상은 이를 가볍게 웃고 넘어갔다.

'이 할아버지 조심해야겠다. 내 마음의 빗장을 마음대로 열어버리네.'

정치는 사람을 다루는 일이다.

눈앞의 저 인상 좋은 할아버지는 수십 년을 국내외 정치에 매진해 온 사람이 아닌가.

벤자민 재상은 깊고 현명한 눈빛으로 딕스의 모습을 찬찬히 살폈다.

앞으로 행동을 함에 있어 두 번, 세 번 생각해야겠다고 결심한 딕스는 오늘의 만남을 통해 얻은 교훈을 가슴 깊이 새겼다.

"어른들의 고민을 어린 자네가 하다니 가상하군. 그건 그렇고 내 자네에게 선물을 주려고 하는데 받겠는가? 물론 공짜는 아닐세. 자네를 보니 공짜를 좋아할 것 같지도 않고."

선물이란 말에 귀가 번쩍 열렸던 딕스는 공짜가 아니라는 말에 금세 풀이 죽었다.

'왜 저를 멋대로 예단하시는 건가요? 저 공짜 무지 좋아하는데.'

딕스는 자신이 재상의 발길질에 놀아나는 공이 된 것 같았다.

"들어보고 결정해도 될까요?"

"호오."

저 감탄사의 의미는 무엇일까? 대체 무슨 의미로 저런 감탄사를 날리는 걸까? 높으신 분들은 이래서 대하기가 힘들다.

궁금하다 하여 즉시 물을 수도 없고 대화하기 싫다고 해서 등 돌리고 갈 수도 없다.

싫든 좋든 높으신 분들이 용무가 끝날 때까지 경청해야 한다.

이런 게 사회생활이 아니겠는가.

딸랑딸랑.

"아르바이트해 볼 의향이 있는가?"

"아, 아르바이트요?"

딕스는 자신의 성과가 재상의 귀에 들어간 게 아닐까라는 생각이 들었다.

그렇지 않고서야 상대가 어찌 아르바이트를 거론하겠는가.

'내 주변에 세작이 있는 걸까?'

의심되는 인물이 하나둘 떠오른다.

선배, 일꾼, 시녀 1, 2, 3……

의심하다 보니 마법부에 소속된 모든 자가 요주의 인물 같았다.

여기서 젤은 뺀다.

그녀의 진심을 곡해하면 진짜 나쁜 놈이니까.

'이 할아버지, 왜 내 여린 동심을 긴장케 하는 거야?'

삐딱한 태도와 눈빛으로 쳐다볼 수 있는 상대가 아니니 그냥 땅만 죽어라 노려보았다.

어쨌든 높으신 분께는 공손하게 보여야 한다.

참, 비굴해 보여서도 안 된다.

머리 위치를 어디에 둘까? 이쯤이면 적당할까? 오만 생각이 딕스의 머리에서 파도처럼 넘실거렸다.

'용 꼬리보단 뱀 대가리로 살고 싶구나.'

이래서 직장인들이 사표를 품속에 간직하고 다니며 자영업의 꿈을 꾸는 게 아닐까 싶다.

"맞네, 해볼 생각 있나?"

"어떤 아르바이트인지 여쭈어도 될까요?"

아르바이트면 일단 돈이 나온다는 소리다.

재능자인 자신의 수련을 방해하는 종류의 아르바이트면 재상이 어찌 이처럼 제안하겠는가.

재상의 말대로 자신은 나라의 동량이지 않은가.

동량… 단어가 이건가? 아니면 동냥?

재상의 부탁을 거절했다가 밉보이면 자신만 손해다.

하늘을 향해 한 점 부끄러움 없이 청렴결백하다면 또 모를까? 상대가 작심하고 걸고넘어지려고 하면 건수는 무지막지하게 많다.

그러니 하기 싫어도 수락해야 할 것이다.

돈 빌려달라거나, 보증 서달라는 소리만 안 하면 일단은 긍정적인 마인드로다가.

"어린 나인데도 꽤나 신중하군. 좋은 태도야. 흘흘흘."

"칭찬이시죠?"

"하하하하, 참으로 유쾌한 소년이군. 그래서 그분이 자네를 지목한 것이군."

"그분? 지목? 무슨 말씀이신지?"

갑자기 궁금해졌다.

대체 어떤 분이 자신에게 관심을 보이는 걸까? 재상을 움직일 수 있는 사람이라니!

"공주님의 말동무가 되어주지 않겠나?"

"……!"

최근 공국에서 가장 중요한 쟁점은 공주님과 클라우드 공자의 국혼 문제다.

이런 민감한 시기에 자신이 공주의 말동무 아르바이트를

한다면? 필시 클라우드의 주목을 받게 될 것이다.

자신의 능력을 숨기라 말해주던 공주가 왜 이런 부탁을 재상을 통해 한 것일까? 딕스는 머릿속이 엉킨 실타래처럼 꼬여가기만 했다.

"싫은가? 싫다면 강요하지 않겠네."

그럴 리야 없겠지만 재상의 눈빛은 자신을 비겁자로 보는 것 같았다.

고로 대답은 무조건 예스일 수밖에 없다.

비겁자는 어느 세계에서든 용서받지 못하니까.

"재상님의 특별한 부탁이시라니 수련이 바쁘지만 하겠습니다."

이왕 할 거면 생색은 있는 대로 내야 하지 않겠는가.

"흠, 갑자기 빚을 진 기분이 드는군. 말재간이 좋군. 허허허."

말은 이리하나 재상의 얼굴은 손자의 재롱을 보는 할아버지처럼 자애로웠다.

저 모습만 보면 쓸데없이 긴장한 것 같기도 했다.

하지만 인생… 그건 모를 일이다.

한 방에 훅 갈 수도 그리고 한 방에 성공할 수도 있으니까.

'공주님은 왜 날 말동무로 날 지목하신 걸까? 혹시… 나에게 반한 건가?'

페일 선배에게 인물 잘났다고 들은 지 얼마 안 됐는데 벌써

여난이라니.

말이 씨가 된다는 경우는 바로 이러한 상황을 두고 나온 말이 아닐까 싶다.

앞서 가도 너무 앞서 가는 딕스였다.

'그런데 돈은 얼마나 주실라나?'

범의 아가리 속으로 들어가는 일이 될지도 모른다.

그럼에도 급료부터 먼저 생각하는 딕스였다.

없이 살아봐라.

인생에서 제일 중요한 게 무엇인지 뼈저리게 알게 될 거다.

또한 선배들은 딕스에게 뼈와 살이 되는 생생한 19금용 교훈을 가끔 툭툭 던져주곤 했다.

그중 하나, 딕스를 크게 공감시킨 명언이 있었다.


돈이 인생의 전부가 아니다! 그러나 이런 말 하는 놈들은 인생 참 뭐(?)같이 살더라.


\*　　　\*　　　\*


딕스는 복잡한 머리도 식히고 형들도 볼 겸 해서 외출 허가를 받았다.

그리고 재능자 전담 경호 부서 소속의 기사 알프레와 드론을 콕 지목하여 이들의 호위를 받으며 왕립 아카데미를 찾아갔다.

신입생 입학식을 얼마 전에 끝낸 왕립 아카데미는 풋풋한 새내기들이 불어넣은 기로 활력이 가득했다.

경비실에서 면회 신청을 한 그는 대기실 매점에서 꿀 차를 구입해 마시면서 큰형이 오길 기다렸다.

'큰형이 내년에 졸업반이니 미리 자리를 마련해야 하는데……'

아직은 이렇다 할 연줄을 잡지 못했다.

높은 급료와 탄탄한 미래가 보장되는 왕실 근위기사대에 큰형을 꽂아주고 싶지만 뜻대로 될지 알 수 없었다.

얼마 전, 벤자민 재상에게 가벼운 마음의 빚을 지게 만들었지만 그 일을 빌미로 청탁할 수는 없었다.

이런저런 생각에 빠져 있는 그를 향해 세 명의 소년이 다가왔다.

"저, 혹시 그 복장 왕실 마법부 제복 아닌가요?"

딕스는 자신의 복장을 대번에 알아본 소년을 응시했다.

이런 일은 처음이라 딕스는 의아한 표정을 지었다.

그가 아무런 말이 없자 말을 건넨 소년의 두 친구가 투덜거렸다.

"솔튼, 봐라. 내가 아니라고 했잖아. 재능자가 뭐하러 아카데미에 오겠냐?"

"괜히 기대했네. 쳇."

친구들의 태도에 위축되었던 솔튼이 용기를 내어 딕스를 향해 다시 말을 붙였다.

"저, 저기요."

"말해요."

"그 복장, 정말 왕실 마법부의 제복이 아닌가요?"

굳이 숨길 이유도 없다.

딕스는 솔튼을 비웃는 표정으로 바라보는 지나치게 비대한 소년과 그보다 약간 덜 비대한 소년을 번갈아 본 뒤 사실을 말해주었다.

"맞는데요."

"아!"

딕스가 수긍하자 솔튼의 얼굴이 크게 밝아졌다.

반대로 소년의 두 친구는 두 눈을 동그랗게 뜨며 믿을 수 없다는 표정을 지었다.

'저 녀석들 재능자 첨 보나?'

한동안 잊고 있었던 탁월한 유전자에 대한 자부심과 긍지가 저들로 인해 다시 한 번 되살아났다.

일반인들에게 재능자란 역시 대단한 존재다.

그러나 실상 재능자 선배들의 면면을 보면 일반인들이 생각하는 것과는 천양지차다.

삶에 쪼들리고 발전 없는 수련 때문에 쌓인 스트레스로 인해 하나같이 괴팍한 취미 한두 가지씩은 갖고 있다.

일부는 도박과 매춘에 빠져 살고, 또 일부는 대출금 이자를 갚느라 아르바이트 찾아 산기슭을 헤매는 배고픈 하이에나처럼 돌아다닌다.

암울한 마굴!

그러한 표현이 적당한 곳이 바로 왕실 마법부이자 재능자들의 현주소다.

'나도 한때는 너희 같았지. 쯧쯧.'

아이들의 우러러보는 시선에 딕스는 우쭐해졌다.

그렇다고 이를 노골적으로 드러내지는 않았다.

이곳은 왕립 아카데미.

특이한 경우를 빼면 다들 귀족가의 자제로 보면 된다.

자신도 준귀족인 준남작의 작위가 있긴 하지만 이건 귀족계의 하프다.

세상은 오직 오리지널과 명품만 인정할 뿐이다.

"반, 반갑습니다. 재능자를 이처럼 가까이서 보긴 처음이에요. 전 카노아 자작가의 삼남 솔튼이라고 합니다."

자작가의 삼남이면 이변이 없는 한 소년은 그냥저냥 준남작으로 살다가 인생의 종지부를 찍을 것이다.

신분상 자신이 꿀릴 이유가 없다.

"딕스."

솔튼이란 소년에게 재능자는 동화 속 왕자님이나 용사님처럼 보이는 듯했다.

살짝 우쭐해진 딕스는 시크한 태도로 멋을 부렸다.

"반가워요. 저 사인 한 장만 부탁해도 될까요?"

"뭐?"

"시, 실례인가요?"

내성적인 소년 솔튼은 얼굴이 홍시처럼 붉어져선 안절부절못했다.

솔튼을 양옆에서 핀잔주던 두 녀석은 딕스가 신분을 밝힌 이후 그 태도가 확연히 달라졌다.

자작가의 아들인 솔튼을 대놓고 핀잔주는 것으로 보아 저들도 귀족일 터, 자신을 동경 어린 시선으로 바라보는 것을 보니 확실히 재능자의 사회적 위치를 새삼 깨달을 수 있었다.

이때가 아니면 언제 목에 힘을 주겠는가.

'아니지, 이럴수록 사람은 겸손해야 해.'

마음을 추스른 딕스는 자리에서 일어나 겸손한 태도와 부드러운 미소를 짓는다.

"아닙니다. 제가 사인을 해본 적이 없어서 순간 당황했을 뿐입니다."

"다, 다행이다. 전 제가 결례를 범한 줄 알았습니다."

솔튼의 순진함과 여린 마음씨에 딕스는 내심 혀를 찼다.

사실 딕스는 저런 성품의 인간을 좋아하지 않았다.

'이 녀석 사회 나오면 피 엄청 빨리겠네. 저래서야 장차 처자식은 어찌 먹여 살리누. 쯧쯧.'

남의 일이니 교훈 따위 줄 필요는 없다.

젊어 고생은 사서 한다는 말도 있지 아니한가. 아니면 패가 망신하는 것이고.

"신입생인가 보죠?"

"네, 이번에 마도학부에 입학했습니다."

왕립 아카데미 마도학부면 영재들만 입학하는 곳이다.

딕스는 이 말을 듣는 순간 솔튼과 그의 친구들에 대한 인식이 확 달라졌다.

"그럼 저 두 분도?"

"아뇨, 저들은 행정학부와 정치학부에 다닙니다."

내성적이고 수줍음이 많아 보이던 소년은 딕스와의 대화를 두 친구에게 뺏기지 않을까 전전긍긍했다.

이 모습에 딕스는 피식거렸다.

눈은 마음의 창이라고 했던가? 하지만 아이들은 그 얼굴이 바로 마음의 창이다.

"솔튼, 우리도 인사시켜 줘."

"맞아, 우리도."

솔튼을 핀잔하던 모습은 어느새 딕스를 소개시켜 달라는 간절함으로 바뀌었다.

귀족 가문에서 나고 자란 이들에게 인맥 형성은 필수 교양 과목이다.

딕스는 행정학부와 정치학부의 두 녀석, 총기라곤 눈을 씻고 봐도 찾을 수 없는 아이들에게는 관심을 갖지 않았다.

그렇다고 무시하지는 않았다.

그의 신조는 친절과 겸손이기에.

소년 1, 2와 대충 인사를 나눈 딕스는 솔튼의 질문 공세를 받았다.

"아! 딕스 님은 오메가 물의 재능자시군요."

"문장을 아는군요."

"전 재능자가 꿈이었어요. 하지만 신은 제게 그와 같은 영예로운 축복을 주시지 않았죠."

"대신 좋은 머리를 주셨잖아요. 마도학부의 입학시험이 어렵다는 건 누구나 알죠."

소외된 소년 1, 2는 이들의 대화에 끼어들 틈을 엿보았다.

딕스는 사교성을 발휘해 솔튼과 금세 친해졌다.

그렇게 얼마간 화기애애하게 대화를 나누고 있을 때, 딕스의 큰형 테일이 실내로 들어오면서 두 사람의 대화는 더 이상 이어지지 않았다.

"솔튼, 나중에 기회 되면 다시 보자. 그리고 편하게 형이라 불러라."

미래의 마도학자를 알아두면 여러모로 도움이 된다.

그러니 지금의 이 인연을 후일까지 계속 가져가고 말겠다는 결심을 하는 딕스였다.

어차피 빨대가 꽂힐 녀석이라면 그 빨대들을 다 걷어내고 자신만 꽂는 게 더불어 좋은 것이다.

세상은 더불어 사는 곳이니까.

"네, 딕스 형. 다음에 꼭 다시 봐요."

왕자를 사모하는 공주의 눈빛이 저럴까? 솔튼의 하트 뿅뿅 눈빛에 딕스는 속으로 움찔했지만 겉으론 형답게 넉넉한 웃음을 지었다.

참고로 솔튼은 딕스보다 한 살 아래다.

"테일 선배님, 딕스 형, 즐거운 시간 되세요."

싹싹한 태도로 걸어 나가는 솔튼을 향해 아빠 미소와 함께 손을 흔들어준 딕스는 테일 형의 놀림을 받았다.

"너 내가 아는 딕스 맞냐? 단시간에 친구를 만들다니 네 사교성을 생각해 보면 놀라운걸. 마크도 이 소식을 들으면 깜짝 놀랄 거야."

"형, 사람은 변하는 거야. 그리고 솔튼은 알아둬서 나쁠 게 없어."

"뭐냐? 그 계산적인 눈빛은?"

"사회생활이 원래 다~ 이런 거야. 형이니까 특별히 가르쳐 주는 거야. 어디 가서 흘리지 마."

딕스의 뻔뻔한 태도에 테일은 고개를 내저었다.

이곳에 마크가 있었다면 딕스의 작은 머리통엔 혹 두세 개는 생겼을 것이다.

친구는 의리로 맺어지는 형제다! 라는 신조를 가진 마크에게 딕스의 태도는 주먹을 부르기에 충분했다.

"마크 앞에서도 그래 봐라."

"나 오래 살고 싶거든."

"녀석, 그런데 무슨 일이냐?"

"형제끼리 뭔 일 있어야 보는 건가? 참, 뭐 마실래?"

학생 신분인 큰형에게 어찌 잘나가는 재능자가 얻어먹겠는가.

"내 먹을 건 내가 사마."

"당연히 그래야지. 형제 간에도 돈거래는 철저히 해야지. 암."

큰형의 자존심을 생각하여 오버하는 딕스였다.

그의 마음을 아는지 테일은 딕스의 머리칼을 헝클어뜨린 뒤 걸어갔다.

"작은형 닮아가는 거야? 그건 긍정적인 변화가 아냐!"

"너나 잘해, 인석아. 그리고 친구는 그렇게 해서 사귀는 게 아니다. 쪼그만 게 벌써부터. 쯧쯧, 커서 뭐가 되려고 저러나 몰라."

"흥! 커서 마법사 될 거다. 왜!"

기분이 좋았다.

형이 있어 좋다.

가식 없이 주변의 눈치 보지 않고 이렇게 마음껏 투정 부릴 수 있어서 몹시 좋다.

"형, 나 바닐라 쿠키 하나 사줘~"

"네 건 네가 사 먹어. 직장인이 어디 학생의 쥐꼬리만 한 용돈을 뺏어 먹으려고 그래."

"쪼잔해."

"너한테 배웠다, 막내야. 크크."

이리 말하며 바닐라 쿠키를 세 개나 사 와서 딕스에게 내미는 테일.

큰형의 마음이 느껴졌다.

그래서 쿠키가 너무 달고 맛있었다.

"우와~ 나 이렇게 맛있는 쿠키 처음이다."

"공짜라서 그렇지. 안 그러냐, 막내야?"

"눈치챘어? 난 형이 미련 곰탱이라서 눈치채지 못할 줄 알았는데. 헤헤."

"으이그, 마크가 왜 너만 보면 주먹을 부르는 주둥이라고 하는지 이제야 알겠다. 그리고 보면 그간 마크에게서 살아남은 네 녀석의 행운과 생존력이 대단하다고 해야겠구나. 하아."


그 시간, 하사관 양성소.

완전군장을 갖춘 마크는 연병장을 돌고 있었다.

일명 뺑뺑이!

"동기 간에 절대 싸우지 않겠습니다! 동기 간에 절대 싸우지……."

이 구호를 외치며 열심히 달리고 있었다.


*　　　*　　　*


언제나처럼 수련을 빡세게 한 딕스는 저녁 식사 시간 무렵에 마법부 건물로 돌아왔다.

왕실의 요리사가 특별히 배정된 마법부의 구내식당답게 음식도 맛있고 종류도 다양했다.

신선한 육류와 생선, 야채와 과일은 마법부에 적을 둔 자라면 누구나 마음껏 먹을 수 있었다.

딕스 역시 구내식당의 메뉴에 처음엔 크게 얼떨떨했지만 이제는 이 화려한 식단에 적응이 된 상태였다.

영양이 충만한 식사와 좋은 잠자리는 성장기의 딕스에게 참으로 도움 되는 환경이었다.

덕분에 마법부에서 생활하는 내내 딕스는 키가 무려 3cm나 컸다.

성장판이 현재와 같은 추세로 활발하다면 장차 180cm도 불가능한 일이 아닐 것이다.

예지몽에서 본 자신의 키는 고작 159cm. 현재 딕스의 키는 135cm로 180cm까지는 앞으로 45cm 남았다.

앞으로 더 잘 먹고 규칙적인 생활을 하다 보면 180대의 당당한 신장을 가진 멋진 사내가 꿈은 아닐 것이다.

나름 인물도 되는 편이고 하니.

"안녕하세요. 딕스 님."

친절한 주방 아줌마 엔시의 인사에 딕스는 활짝 웃으며 마주 인사했다.

재능자들은 작위를 받았기에 다들 준귀족이다.

더욱이 이 땅의 지존인 공왕에게서 작위를 받았기에 이들의 자존심은 무척이나 높다.

한때는 그들도 평민이었을 텐데 지금은 과거를 모두 잊은 듯 잘나신 귀족 행세를 했다.

그래서 궁궐에서 허드렛일을 하는 평민들을 대놓고 깔보았다.

그러한 이들과 달리 딕스는 아주 친절하고 상냥하게 사람들을 대했다.

이 점을 좋게 본 사람들은 딕스를 매우 착하고 겸손한 마음씨의 소년으로 여기며 궁궐의 이런저런 소문을 알려주곤 했다.

"엔시 아줌마, 다리는 괜찮으세요?"

"괜찮아요, 딕스 님. 오늘은 양고기가 아주 맛있답니다. 제가 딕스 님 드리려고 맛있는 부위만 몰래 챙겨뒀답니다. 호호."

"그래요? 매번 미안해서 어떡해요. 헤헤."

"천만에요. 보잘것없는 저희들을 친절하게 대해주시는 것만 해도 얼마나 고마운데요."

쯧쯧, 마법부의 재능자들이 얼마나 까칠하게 굴었으면 웃는 얼굴로 인사를 받아준 것에 불과한데도 저리 고마워할까.

딕스는 개구리 올챙이 적 생각 못하는 선배들의 행실에 내심 혀를 찼다.

"참, 아드님은 시험 잘 봤나요?"

식판을 받아 들며 딕스가 물었다.

엔시의 큰 아들은 딕스의 작은형이 다니는 하사관 양성소에 지원했다.

하사관 양성소에 입학하기 위해서는 세 가지 조건이 충족되어야 한다.

첫째는 신분이 확실할 것.

둘째는 글을 깨우치고 있을 것.

셋째는 체력이 좋을 것.

그리고 지원자의 숫자에 따라 매년 합격의 당락이 결정된다.

듣기로 올해 하사관 양성소에 지원한 자가 꽤 많다고 한다.

도시는 시골과 달리 괜찮은 직업을 구하기가 상당히 힘들다.

연줄이 없다면 아무리 똑똑한 녀석도 날품팔이 노동자의 처지를 벗어날 수 없었다.

엔시 아줌마의 경우도 궁궐에 취업하기 위해 뒷돈을 주었다.

이처럼 연줄이 없으면 돈으로 직업을 살 수밖에 없는 게 현물 공국의 취업 사정이다.

그런 점에서 딕스는 재능자란 타이틀 덕분에 최고의 직업을 구한 셈이다.

"삼 일 후에 발표라고 하네요. 이번엔 응시자가 많다고 하던데 어찌 될지 모르겠어요."

"잘될 거예요. 그러니까 힘내세요. 엔시 아줌마."

"네, 고마워요. 딕스 님."

"그럼 잘 먹을게요."

딕스는 창가 쪽에 자리를 잡았다.

사람들이 몰리는 시간이 지났기에 구내식당은 한산했다.

음식을 먹으려 할 때 시녀 젤이 구내식당으로 들어왔다.

그녀는 딕스를 향해 바쁘게 걸어오다 자리에서 막 일어서려던 남자와 부딪히고 말았다.

와장창.

"어멋! 죄송합니다. 죄송합니다. 나리."

젤의 얼굴이 사색이 되어 바들바들 떨었다.

그녀가 부딪힌 남자는 불의 재능자를 상징하는 붉은색 원단으로 만든 관복을 입고 있었다.

물, 불, 바람, 땅의 재능자들은 마법부에서 제공하는 관복을 필히 입어야 하는 규칙이 있다.

외출 시에만 자유로운 복장이 허용되었다.

하지만 대부분의 재능자는 외출할 때에도 마법부에서 제공하는 관복을 입고 다녔다.

이는 철저히 특권 의식에서 기인한 것이다.

"이 천한 것이!"

옷을 버린 것으로 치면 젤이 더 심했다.

그럼에도 남자는 자신의 관복에 음식물이 조금 묻었을 뿐인데 필요 이상으로 화를 냈다.

입을 험하게 놀린 남자는 다짜고짜 젤의 따귀를 치려고 손을 치켜들었다.

마침 이 소란을 듣고 고개를 돌리던 딕스는 젤의 위기를 목격했다.

짝!

경쾌한 타격음이 젤의 뺨에서 터졌다.

젤의 가녀린 몸이 탁자에 부딪힌 뒤 민망한 모양새로 바닥에 쓰러졌다.

여기는 공공장소다.

그런데 남자가 여자의 뺨을 후려친다? 죄를 지었다면 여자든 남자든 합당한 벌을 받는 건 당연하다. 하지만 일의 전후 사정을 떠나 별다른 절차도 없이 힘없는 여자를 때리는 행위는 온당치 못하다.

솔직히 말해서 뺨을 맞고 쓰러지는 젤의 모습에서 누나의 얼굴이 겹쳐졌다.

이 때문에 딕스는 몹시 흥분했다.

'저 개 같은 새끼가 누구한테 손찌검이야!'

딕스는 한달음에 달려가 젤을 부축했다.

"이봐, 네 시녀냐? 대체 시녀를 어찌 교육시켰기에 저따위인 거냐?"

딕스는 남자를 쏘아보았다.

남자는 딕스의 시선에 인상을 와락 구겼다.

주위에 보는 눈들을 의식한 듯 딕스를 향한 남자의 폭력은 없었다.

마법부의 규칙상 재능자들 간의 싸움은 일절 금하고 있었다.

시녀를 때리는 것과 재능자를 공격하는 행위는 다르다.

"서로가 실수로 인해 벌어진 일인 것 같은데 손찌검은 너무 과한 거 아닌가요?"

뒤에 육두문자를 붙이고 싶었지만 자신이 그간 쌓아놓은 바른 이미지를 위해서 딕스는 이를 악물고 참았다.

'맞은 건 누나가 아니야. 젤이야… 젤이잖아. 그러니까, 진정하자. 진정하자! 딕스.'

"뭐라? 실수?"

독사 대가리처럼 세모난 남자의 눈이 양옆으로 쭉 찢어

졌다.

"그렇잖아요."

"이 조그만 놈이 개념을 물 말아 먹은 것이냐! 네 눈엔 내가 네 친구로 보이느냐! 비켜라, 내 저 방정맞은 년의 행실을 엄히 벌할 것이다."

젤은 남자의 서슬 퍼런 진노에 바들바들 떨었다.

일개 시녀와 재능자.

재능자인 남자가 실수를 하더라도 세상은 시녀인 젤이 무조건 잘못했다고 할 것이다.

잔인하고 불공평하지만 이것이 현실이다.

어지간하면 모든 사람들과 좋은 관계를 유지하고픈 딕스였으나 이 남자와는 그럴 생각이 전혀 들지 않았다.

불의 재능자와 물의 재능자는 식당이 아니면 마주칠 일도 없잖은가!

자리를 분연히 떨치고 일어선 딕스.

"내 시녑니다. 마법부 규칙 5조, 재능자에게 배속된 시녀는 타 재능자가 임의로 벌할 수 없다! 라고 분명 나와 있습니다. 그러니 댁이 내 시녀를 혼내는 것은 엄연히 규칙 위반입니다."

'법대로 하자. 씨발 놈아!' 라고 덧붙이고 싶었지만 어금니를 꽉 깨물며 참는 딕스였다.

세상살이란 게 어떤 경우든 **빠져나갈** 구멍은 만들어둬야 한다.

페일 그 개돼지보다 못한 놈은 대가리가 나빠서 집안, 아니, 영지 전체를 말아먹었지만 자신은 그런 개잡종에다 무뇌아가 아니지 않은가.

"뭣이라! 대에액? 이 천둥벌거숭이 같은 놈이 내가 누군 줄 알고 주둥아리를 함부로 놀리는 것이냐!"

딕스의 똑 부러진 태도에 식당에 몇 없던 재능자들이 흥미로운 표정을 지었지만 이 일에 개입할 생각은 전혀 없는 듯했다.

여기엔 다 이유가 있었다.

딕스는 모르고 있었지만 그가 상대하는 사람은 왕실 마법부에 단 세 명뿐인 현직 마법사 키드 드 말로이드 자작의 조카이자 현 건설부 장관인 이인 드 보리치 자작의 독자였다.

이러한 엄청난 배경에다 본인은 불의 재능자란 타이틀까지 갖고 있었으니.

자존심이 크게 상한 캐넌의 두 눈은 분노로 활활 타오르고 있었다.

그러나 규칙은 규칙.

캐넌 역시 여기서 예외일 수는 없었다.

'오만방자함이 하늘을 찌르는군. 흥! 지가 잘났으면 얼마나 잘났다고 지랄이야. 지나 나나 똑같은 재능자면서!'

아! 딕스가 캐넌의 배경을 알았다면 아마 그는 결코 나서지 않았으리라.

데일 데 페논, 그 개망나니로 인해 장차 벌어질 혈겁에서 가족을 구하는 것도 골치가 아픈 상황이다. 한데 데일보다 더 강력한 존재의 심기를 건드리다 못해 박박 긁어버렸으니.

시간이 지나 캐넌의 정체를 딕스가 알게 된다면 자신의 이 행동을 크게 후회하지 않을까 싶다.

일단 그건 후의 일이고 지금의 딕스는 위기에 처한 공주, 아니, 시녀에겐 더할 나위 없이 크고 든든한 울타리가 되어주고 있었다.

으드드득.

"두고 보자! 내 오늘 일을 절대 잊지 않겠다. 애송이."

금방이라도 불벼락을 터뜨릴 것 같은 캐넌이 찬바람을 일으키며 구내식당을 나가버렸다.

'두고 보자는 놈치고 무서운 놈 못 봤다. 흥!'

급한 불을 껐다고 생각한 딕스는 내심 안도했다.

이 사건이 커지는 건 그로서도 사실 반갑지 않았다.

그러니 후일을 기약하고 남자가 가버리자 일이 여기서 마무리되었다고 생각했다.

다만 젤이 맞은 것에 대해 알뜰한 보답을 해주지 못한 것이 분할 뿐이다.

눈물을 뚝뚝 흘리며 젤이 딕스의 안위에 대해 크게 걱정했다.

"저 때문에 캐넌 님과 대적하셨으니……. 후환이 따르지 않을까 걱정이에요. 죄송해요. 저 때문에 딕스 님이 곤란해졌으니. 정말, 정말 죄송합니다. 흑흑."

"울지 마. 젤. 사나이 딕스, 그런 후환 하나도 겁 안 나! 그런데 캐넌이란 저 작자 뭐 하는 작자야?"

"모, 모르셨어요?"

젤의 표정이 급격하게 어두워졌다.

딕스는 그녀의 표정을 보자 자신이 건들지 말아야 할 상대를 건드린 게 아닐까? 라는 찜찜한 생각이 크게 들었다.

'이거 호랑이 코털을 건드리는 어리석은 실수를 저지른 건 아니겠지? 헉! 젤, 제발 아니라고 말해줘! 제에에바아알.'

*　　*　　*

음식물이 마치 날카로운 유리 알갱이 같다.

누우면 늘 기분을 좋게 하던 푹신한 침대는 대바늘을 꽂아 놓았는지 몹시 불편하다.

창가에 드리운 나무의 그림자를 봐도 사람들의 발소리만 들어도 최근엔 심장이 미친 듯이 쿵쿵거린다.

전에는 부드럽게 두근거리던 자신의 심장이 아니던가.

'심장병인가?'

얼마 전, 식당 구타 사건 이후 딕스는 마법부에서 일하는 일꾼과 시녀들에게 열화와 같은 지지를 받았다.

나이는 어리지만 자신의 사람을 챙기는 당당한 그 모습에 다들 감동한 것이다.

그러나 딕스의 현실은 하층민들의 이러한 지지를 반길 입장이 아니었다.

막강한 배경을 가진 불의 재능자, 캐넌 드 보리치!

권세 있는 집안의 독자와 척을 지고 말았다.

자존심을 꺾고 당장에라도 그를 찾아가 싹싹 빌까? 라는 비굴한 생각마저 해본다.

아무리 생각해도 자신이 상대하기에 캐넌의 배경은 너무 화려하고 강력하다.

문제는 과연 그가 자신을 용서할 마음이 있느냐.

지금도 그날 식당에서 있었던 일이 크게 부풀려져 자신은 둘도 없는 영웅이 되었고 캐넌은 잔인하고 포악한 악당으로 묘사되어 사람들의 입에 오르내리고 있었다.

모르긴 몰라도 캐넌 입장에서 자신은 때려죽여도 시원찮을 놈으로 뇌리에 콱 박혀 있을 터였다.

"제길, 밟아도 하필 제일 더러운 똥을 밟아서는 하지 않아도 될 마음고생을 사서 하다니."

똑똑.

화들짝.

"딕스 님."

경계의 눈초리로 문을 응시하고 있던 딕스는 젤의 목소리에 긴장감을 풀었다.

딕스는 그녀를 보고 싶지 않았다.

하지만 그녀가 뭔 죄가 있는가.

실수로 캐넌과 부딪히고, 뺨을 오지게 맞고, 눈물 콧물 쏟으며 겁에 질린 게 전부다.

그녀가 자신에게 도와달라고 했던가? 아니다.

어디까지나 그날의 사건은 자신의 자발적인 개입으로 일어났다.

이러니 그녀를 꺼려 하는 행동은 사내새끼의 도량으로 결코 해서는 안 된다.

자신이 아무리 거시기를 차고 나왔다지만 인간이 거시기처럼 행동할 수는 없지 않겠는가.

'칫, 내가 그놈에게 꿀릴 게 뭐 있어? 집안 빼면……. 흠, 나나 그놈이나 거기서 거기잖아. 그래, 딕스 힘내자. 넌 멋진 놈이잖아!'

마음을 가다듬은 딕스는 힘껏 문을 열었다.

어차피 쏟은 물이라면 미련을 버리고 다시 채우면 그만이지 않겠는가.

"마차가 도착했다고 합니다. 딕스 님."

"아! 오늘이 그날인가?"

오늘이 무슨 날이냐 하면 일면식도 없는 폰트 자작 가문에서 딕스를 파티에 초대한 날이다.

캐넌의 일만 아니었다면 폰트 가문에 대해서 미리 알아봤을 텐데 지난 며칠간 캐넌과의 일을 원만하게 풀어낼 실마리를 찾느라 고심하는 통에 초대장을 보낸 폰트 가문에 대해서 알아보지 못했다.

자신이 선배들처럼 견습 마법사임이 알려진 것도 아닌 이상 폰트 가문의 초대는 다른 의미가 내포되어 있음이다.

평소의 딕스였다면 분명 의심부터 했을 텐데.

"예."

"알았어, 옷만 챙겨 입고 금방 나갈게."

"제가 도와드릴게요."

"아냐, 내가 애도 아니고. 그리고 젤, 미안해."

"무, 무슨?"

젤은 딕스의 사과가 자신을 내치려는 게 아닐까 지레짐작했다.

사색이 된 그녀의 모습에 딕스는 내심 한숨을 푹푹 내쉬었다.

"젤, 안 좋은 기억은 잊도록 해. 넌 잘못한 게 하나도 없어. 그리고 난 내 행동이 전혀 부끄럽지 않아. 혹시라도 그 일 때문에 풀 죽어 지낼 필요 없어. 그리고 날 걱정하는 마음이 있다면 지금부터 싹 잊어. 나 딕스야, 딕스. 똑똑하고 잘생기고 앞으로 장래가 무진장 촉망되는 예비 마법사. 큭큭

큭, 알았지?'

간사한 느낌의 '큭큭큭' 웃음은 뺄 걸 그랬나? 딕스는 하고 나서 잠시 잠깐 후회했다.

그의 노파심과 달리 젤은 감동한 듯 울먹거렸다.

"디, 딕스 님."

여자는 명품에 목숨 걸고 남자는 자존심에 목숨을 건다.

딕스 또한 사내다.

적어도 자신의 그늘에 있는 여자 하나 돌보지 못한다면 어찌 당당한 사내대장부라 하겠는가.

물론 그의 용모를 보고 사내대장부를 거론하기는 애매하다.

어쨌든 지금의 그는 젤의 눈에는 그 어떤 용사나 기사보다 훌륭하고 멋져 보인다.

'제 목숨이 필요하시다면 언제든 웃으며 죽을 수 있어요. 나의 어린 주인이시여.'

무한 감동한 그녀는 마음속으로 유일신에게 이처럼 맹세했다.

그녀는 신실한 신자.

그녀의 맹세는 그녀가 살아 있는 동안 쭉 지켜질 것이다.

"감사합니다, 감사합니다. 저 같은 것을 이리 신경 써주시고. 저에게 당신은 영원한 주인님이십니다. 흑흑흑."

딕스는 영 폼이 나지 않는 까치발을 한 채 젤의 떨리는 어깨를 툭툭 쳐주었다.

그녀에게 힘을 북돋아준 딕스는 씩씩하게 옷을 갈아입었다.

'공주님 말동무 아르바이트에 목숨 걸고 매달려야겠구나. 재상 할배와 공주님의 그늘에 숨어 있으면 놈도 날 함부로 못할 거야.'

자신은 선천적으로 비빌 언덕을 갖지 못했으니 후천적인 노력을 기울여 이를 만회하면 된다.

더 이상 캐넌 선배와의 불미스러운 일에 연연치 않을 것이다.

소년은 다짐, 또 다짐을 하며 마법부를 당당한 걸음으로 나섰다.

소년이여! 야망을 가져라.

아니, 뒷배를 만들어라.

# 제2장

폰트 자작 가문의 파티

폰트 자작 가문은 왕궁을 기점으로 동쪽에 위치한 부촌에 위치하고 있었다.

재력과 지위를 갖춘 자들이 대거 모여 사는 곳답게 치안이 좋고 도로 또한 놀라울 정도로 정비가 잘되어 있다.

신축했는지 저택을 둘러싼 담장마다 얼룩 하나 보기 힘들다.

그리고 담장 너머 보이는 저 크고 웅장한 건물을 보라.

'대충 봐도 이삼천 평은 족히 되겠네.'

살인적인 수도의 부동산 시세를 잘 알기에 저 웅장한 저택 주인들의 부는 상상조차 되지 않는다.

대부분의 도시 노동자는 고된 업무에 시달리고 상사의 눈치를 보면서 겨우 입에 풀칠이나 하며 연명한다고 봐야 한다.

그들은 평생 자신의 명의로 된 집 한 채 갖지 못하고서 그렇게 청춘을 생활고에 시달리면서 보낸다.

더 슬픈 건 이들의 고단한 삶이 대물림된다는 점이다.

수렁에 빠진 자는 자력으로 그곳을 빠져나오지 못한다.

이러한 빈익빈의 악순환은 유일신이 가호하사 재능자가 그 집안에서 나오거나 아니면 선풍적인 인기를 끌고 있는 복권 당첨만이 유일한 해결책이다.

그 복권이란 것도 사실 있는 놈들이 제 뱃속 불리려고 서민들을 현혹한 것이지만 다들 이를 알면서도 수백만 분의 일이란 숨이 턱턱 막히는 확률임에도 그들은 매번 넘어간다.

'티끌 모아 태산이란 말도 있는데.'

딕스는 혀를 차며 폰트 자작 가문에서 보내준 푹신한 마차 등받이에 등을 파묻었다.

이 고급 승용 마차는 얼마나 할까? 또 유지비는 얼마나 들까? 마부의 월급, 부품 교체 비용, 말들을 관리하는 데 필요한 비용까지 합치면 상당히 많이 들 것이다.

마차가 멈추었다.

딕스는 상념에서 깨어나 창문 밖으로 시선을 던졌다.

몇 대의 마차가 정문 경비들에게 초대장을 내보이며 속속 들어갔다.

"초대장을 보여주시겠습니까?"

딕스가 탄 마차는 폰트 자작 가문의 마차다.

그럼에도 초대장을 보여달라는 것으로 보아 경비원은 꽤 깐깐한 성격인 듯싶었다.

집을 지키려면 바로 저처럼 성실하고 고지식한 자를 써야 한다.

그런 점에서 폰트가의 인사권을 쥔 자의 안목은 칭찬할 만하다.

언짢은 기색 하나 없이 소년은 초대장을 건네주었다.

"여기 있어요."

"확인했습니다."

경비원의 확인 절차가 끝나자 마차는 다시 미끄러지듯 정문을 통과해 움직였다.

확실히 비싼 놈은 그 값을 톡톡히 한다.

서민들이 큰맘 먹고 이용하는 영업용 마차와는 승차감에 서부터 이리 확 틀리니 말이다.

명품이 좋다는 말을 입버릇처럼 달고 사는 자들의 마음을 조금은 이해할 것 같다.

'나도 얼른 집 장만을 해야지.'

수도에 집을 장만하면 일단 고향에 계신 어머니와 누나를 불러올 생각이다.

단 한 명이라도 페논에서 빼내야 안심할 수 있기 때문이다.

적당한 핑곗거리도 이미 마련해 두었다.

문제는 살인적인 수도의 집값이다.

딸깍.

마차 문을 외부에서 열어준다.

상념에 빠져 있던 소년은 이에 깜짝 놀랐다가 곧 평정심을 회복했다.

말쑥한 복장의 중년인이 허리를 살짝 숙이며 내려오라는 몸짓을 했고 소년은 자신의 옷매무새를 가다듬고 바닥에 발을 디뎠다.

그러곤 왕실 마법부를 상징하는 관복을 바람에 휘날리는 망토처럼 멋지게 탁 털어 날려본다.

"손님들의 안내를 맡고 있는 알랭이라고 합니다. 저를 따라오십시오."

"부탁합니다. 알랭 씨."

알랭은 살짝 놀란 표정으로 딕스를 보았다.

하긴, 구린내 나는 교만한 녀석들만 보다가 자신처럼 친절하고 잘 웃는 이를 보면 색다를 수밖에 없을 것이다.

"제 얼굴에 뭐가 묻었나요?"

"아, 아닙니다. 굉장히 친절하신 분이군요."

귀족들에게 평민이란 자신의 배를 불리는 데 필요한 거대한 공장의 부품이란 인식이 지배적이다.

이러니 평민에게 일일이 대꾸하는 친절한 귀족은 찾기 힘들다.

알랭은 호감을 갖고 소년을 안내했다.

"알랭 씨."

"예."

"파티 주제가 뭔가요?"

"주제라니요?"

"어떤 취지를 갖고 있는 파티인가 물은 거예요."

폰트 가문에서 자신을 초대한 이유를 전혀 알지 못하는 딕스다.

파티의 취지를 통해 단서를 얻고 싶었다.

"오늘 파티는 주인님의 따님이신 세리나 마님께서 개최하셨습니다."

'세리나?'

딕스는 이 이름이 상당히 귀에 익어 곰곰이 생각해 보았다.

막 떠오르려던 찰나였다.

"촌놈."

고상한 귀족가에 이런 호칭을 입에 담는 자가 있을까? 누군지 몰라도 성격이 참 소박하고 담백한 사람이다! 라고 딕스는 아주 잠깐 생각했다.

물론 자신을 향한 호칭이 아닐 시에 한해서다.

딕스를 바라보는 알랭의 눈빛이 이상하다.

그의 눈빛은 '당신을 부르잖아요' 라는 친절한 가르침을 담고 있었다.

'나? 여기에 나를 아는 사람은 하나도 없는데.'

무의식적으로 몸을 돌린 딕스는 인상을 와락 찌푸렸다.

'레, 레이첼?!'

그녀를 보자 딕스의 뇌가 활발하게 움직였다.

세리나, 세리나, 세리나…… . 그렇다. 세리나!

그녀는 레이첼의 어머니이자, 영주의 부인이며, 개망나니 데일의 어머니다.

세리나가 결혼 전 사용한 성이…… . 그래, 폰트였다. 폰트!

딕스는 충격에 휘청거렸다.

오거의 굴에 제대로 기어들어 왔다.

하지만 다시 생각해 보면 자신이 저들에게 주눅 들거나 굽실거릴 이유는 없었다.

그래서 소년은 당당하게 제 어깨를 활짝 폈다.

사뿐사뿐.

드레스 자락을 우아하게 휘날리며 다가온 레이첼. 그녀의 몸에서 형언하기 힘든 달콤하고 맑은 향기가 훅 밀려왔다.

이게 말로만 듣던 그 유명한 향수 장인 보샤가 한 방울, 한 방울 심혈을 다해 만들었다는 보샤 넘버 7인가 보다.

"뭐지? 그 주름진 얼굴과 멍청한 눈빛. 그리고… 씰룩이는 그 코, 마음에 들지 않아. 촌. 놈."

딕스는 내심 코웃음 쳤지만 레이첼이 문제 삼은 점들은 즉시 고쳤다.

남자로서의 자존심? 필요에 따라 얼마든지 팔아먹을 수 있다.

이것이 이 녀석의 마인드다.

"오랜만입니다. 레이첼 아가씨."

싸늘하다.

냉랭하다.

을씨년스럽다.

레이첼은 표정과 몸짓 하나로 지금의 느낌을 상대가 받도록 만들었다.

이 모든 느낌의 궁극적인 목적은 두려움 조장이다.

안타깝게도 딕스는 그녀의 분위기에 전혀 위축되지 않았다.

오히려 내심 콧방귀만 시원스레 빵빵 끼고 있었다.

"못마땅한 표정이군. 촌. 놈."

"그럴 리가요. 예상 밖의 장소에서 아가씨를 뵈니 잠시 얼떨떨했을 뿐입니다."

"그동안 말투에 세련미가 붙었군. 촌. 놈."

듣기 좋은 말도 한두 번이다.

한데 유쾌하지 않은 말을 말끝마다 붙인다.

이건 명백한 시비다.

그녀는 왜 자신에게 시비를 걸까? 저 불량한 성격에 대해 딕스는 뜨거운 것이 치솟는 것을 느꼈다.

겨우 이를 가라앉힌 딕스는 표정을 관리하느라 잠시 애를 먹었다.

하지만 곱고 팽팽한 이마에 도드라진 혈관은 그로서도 어쩔 수 없었다.

왜 저 못… 아니, 예쁘지만 전혀 사랑할 수 없는 계집애가 시비를 거는 걸까? 딕스는 레이첼에게 충격적인 멘트 한 방을 날리고 싶었다.

'꺼져!' 라고.

하지만 현실적인 문제점을 생각하니 차마 그럴 수 없어 그는 속으로만 이 말을 수십 번 날렸다.

"촌에서 올라왔으니 촌놈 맞습니다. 한데……."

"……?"

"아가씨 신분증에 기재된 본적도 저와 같은 걸로 아는데요."

이 멘트에 군이 뒷말을 덧붙일 필요가 있을까? 없을 것 같다. 저 경직된 레이첼의 표정을 보니.

딕스는 그녀의 심기를 거슬리기 위한 의도적인 말이 아니었다는 듯 그 표정을 순진무구하게 만들었다.

'내 지금은 힘이 없어 참는다, 참아!'

구구구구구궁!

궁극의 냉랭한 분위기.

주변의 모든 사람이 소년과 소녀의 기세 싸움에 얼어붙기 시작했다.

슬금슬금.

이 일에 끼어들어 봐야, 그리고 눈에 띄어 봐야 다치고 속상한 건 아랫사람이다.

입에 풀칠하기 위해 귀족 가문에서 일하다 보니 다들 눈치가 백 단인 일꾼들이다.

이럴 때는 알아서 찌그러져 있어야 직장을 잃지 않는다. 수도의 취업난이 어디 보통 심각한가.

"말속에 뼈가 있군."

소녀는 입에 달고 있던 촌놈이란 호칭을 그제야 삭제하고 말했다.

그녀 역시 사교계에서 자신의 출생지에 대해 수군거리는 또래의 소리를 들은 바 있었다.

촌년.

그 말을 계속 듣다 보니 레이첼 자신도 누군가에게 이 분함을 풀고 싶었다.

그런데 막상 풀어놓고 보니 상쾌해지긴커녕 오히려 자신이 더 한심스럽게 느껴졌다.

"뼈라니요?"

그녀의 말뜻을 다 알면서도 딕스는 시침을 떼었다.

그를 놓아주려 했던 레이첼은 그의 목소리에 감춰진 도전적인 느낌을 보았다.

레이첼의 입꼬리가 씰룩거렸다.

경멸의 미소일까? 그렇게 생각하기엔 그녀의 눈빛에 노골적인 적의는 없었다.

하긴 처음부터 그녀는 적의를 갖고 그를 부른 건 아니다.

"얄미운 놈."

'무지개 바~ 안사.'

"왜 대답이 없지? 말속에 또 뼈를 담아보시지."

'어디 뼈만 담겠냐. 네가 상상치도 못할 것들도 이 몸은 말속에 담을 수 있느니.'

싱긋, 싱긋.

소리 없는 가벼운 딕스의 웃음이 참 얄밉다.

그의 그 웃음에 소녀는 울컥했다.

화를 부르는 웃음을 그녀는 난생처음 보았다.

소녀의 팔이 파르르 떨리더니 어느새 위로, 위로 올라가다 화들짝 놀란 표정으로 급히 멈춘다.

이 행위는 누워서 침 뱉기다.

이를 알기에 그녀는 마지막에 겨우 화를 참았다.

딕스를 무시하기로 결심했는지 레이첼이 그를 스치고 지나간다.

두 사람의 몸이 잠시 잠깐 겹쳐지는 순간.

딕스는 똑똑히 들었다. 귀족 영애도 욕을 할 수 있다는 것을.

"난쟁이 똥자루."

쿨럭!

폐부를 찌르는 역습.

예상하지 못한 레이첼의 기습에 딕스는 사레가 들리고 말았다.

*　　　*　　　*

"네가 기사 로버트 카일의 아들, 딕스냐?"

화려한 복장의 귀부인이 앉아서 딕스를 보고 물었다.

그녀의 곁에는 그녀와 아주 유사하게 생겼지만 왠지 푸근한 느낌의 노부인이 앉아 있었다.

분위기를 제외하고 얼굴만 보면 한눈에 봐도 모녀지간임을 알아볼 수 있다.

저기에 레이첼까지 앉혀놓으면 붕어빵 삼대가 되지 않을까 싶다.

"왕실 마법부 소속 준남작 딕스, 남작 부인을 뵙습니다."

세리나 남작 부인은 딕스의 담담하고 당찬 태도를 못마땅하게 여겼다.

그녀는 딕스가 벌벌 떨며 자신을 어려워할 줄 알았다.

한데 태생 자체가 귀족인 양 고상하게 굴어댔다.

이 점이 그녀의 기분을 나쁘게 만들었다.

'이 천박한 놈이 어디서 감히 꼬박꼬박 말대꾸를!'

그에게 채찍을 내리고 싶은 세리나였다.

하지만 그럴 수 없었다.

상대는 나라의 녹을 먹는 관료이자, 훈작이며, 장차 마법사가 될지도 모를 인재였다.

속은 부글부글 끓었지만 사회적인 체면과 자신의 교양미를 과시하기 위해 그녀는 이를 속으로 삭였다.

그에게서 작은 꼬투리라도 잡았다면 혼낼 텐데 그런 것도 없었다.

이래저래 딕스는 세리나에게 단단히 밉보였다.

그러거나 말거나 딕스는 태연했다.

적어도 겉모습은 그랬다.

내심은 상당히 복잡했지만.

"딕스라고 했느냐?"

노부인이 부드러운 어조로 어색해진 분위기를 흩뜨렸다.

딕스는 노부인을 향해 몸을 약간 돌린 뒤 정중한 태도로 인사를 올렸다.

깐깐했던 궁중 예절 교육관의 교육이 여기서 그 빛을 발하고 있다.

"그렇습니다. 노부인."

"호호, 예의가 바르구나. 난 이리나 드 폰트라고 한단다.

이 집안의 안주인이란다."

"몰라뵈어 죄송합니다. 그리고 초대해 주서서 감사드립니다. 노부인."

"손님을 너무 세워뒀군. 아! 내 편히 말해도 되겠는가?"

딕스는 노부인의 태도와 따뜻한 분위기가 마음에 들었다.

어찌 저런 어머니 밑에서 세리나 남작 부인 같은 허영심 많고 이기적인 딸이 태어났는지.

이래서 자식은 겉 낳지 속 낳는 게 아니라는 말이 있는가 보다.

세리나 남작 부인은 모친의 태도에 발끈했다.

"어머니! 뺀질뺀질한 저 녀석을 어찌하여 그리 대우하십니까?"

"세리나, 딕스 경이 나이는 어려도 전하께서 친히 작위를 내리신 아이다. 또한 왕실의 녹을 받는 관리이니라. 너의 행동이 네 남편은 물론 네 아버지에게도 누가 됨을 어찌 그리 모르누. 쯧쯧."

부드럽지만 따끔한 일침을 날린 노부인이다.

잠시 엉거주춤하게 서 있던 딕스는 재빨리 착석했다.

소파는 참으로 푹신하고 좋은데 분위기가 이렇다 보니 가시방석이 따로 없었다.

남작 부인의 앙칼진 눈초리가 딕스를 찔러죽일 듯했다.

소년은 자연스럽게 그 시선을 피했다.

이럴 때는 되도록 눈을 마주치지 않는 게 낫다.

그녀와 싸워봐야 이득은커녕 손해만 본다.

가만히 죽은 듯 엎드려 있는 게 남는 장사다.

"어머니도 너무하세요. 제 체면도 있는데 어찌하여 절 이리 면박 주십니까?"

딕스는 남작 부인의 태도에 내심 기가 찼다.

진짜 제대로 된 면박을 당해보면 저런 소리는 절대 지껄일수 없을 것이다.

약이 되는 어머니의 가르침을 저딴 식으로 해석하는 뇌라니.

역시 데일 그놈의 어미답다는 생각에 그의 속이 다시 한 번 부글부글 끓었다.

'데일, 그 새끼도 오늘 보는 거 아냐?'

마음은 이미 이곳을 떠나고 있다.

문제는 초대장을 받고 온 마당에 멋대로 돌아가 버리면 이는 상대를 무시하는 처사였기에 그럴 수도 없었다.

노부인은 남작 부인의 투정을 무시해 버렸다.

"딕스 경이 이해하게나. 내 딸이지만 성격이 좀 날카로워 실수를 자주 하곤 한다네."

"비록 제 몸이 어리나 마음은 사내대장부라 자부합니다. 그러니 심려 마십시오."

"호호호, 오늘 이 늙은이가 아주 멋진 사내대장부를 만났군요. 파티가 시작되려면 아직 시간이 남았으니 볼품은 없지만 집 안을 구경해 보시겠소?"

자식의 흉이 점점 더 드러나려 하자 노부인은 이를 감추기 위해 화제를 돌렸다.

노부인의 마음을 눈치챈 딕스는 공손한 태도로 감사의 인사를 전하고 일어섰다.

그때, 레이첼이 응접실로 들어오면서 소년은 나갈 타이밍을 놓쳐 버렸다.

"할머님, 어머님······?"

"오! 레이첼 왔구나. 잘되었다. 레이첼, 네가 딕스 경에게 집 안을 구경시켜 주려무나."

레이첼에게 욕 들어먹은 지 불과 30분 남짓 흘렀나? 그런데 그녀를 따라 집 안 구경을 하게 되었으니 딕스로서는 못마땅한 상황의 연속이다.

그렇다고 거절할 명분도 없다.

사실 시골 영주, 그것도 남작가 딸내미와 그 부인보다는 딕스의 가치가 더 높다.

왕실 마법부는 근위기사대와 함께 왕실의 양대 기둥이다.

이러한 곳에 소속된 소년을 무시하는 행위는 결코 좋은 결과를 볼 수 없다.

딕스 역시 이를 알고 있었지만 제 신분을 내세워 기고만장할 수는 없었다.

저들의 집안에 아버지와 어머니와 누나가 볼모 아닌 볼모로 있기 때문이다.

"그리하겠습니다. 할머님."

레이첼은 의외로 외할머니의 청을 거절하지 않았다.

그녀의 모습은 좀 전에 본 모습이 거짓이 아닐까라는 착각이 들 만큼 여성스럽고 따뜻한 느낌이었다.

이에 딕스는 내심 큰 혼란을 느꼈다.

"딕스 경."

"예… 예, 노부인."

"레이첼이 안내해 줄 거예요. 내 손녀라서 하는 얘기는 아니지만 아이가 심성이 참 맑고 곱답니다. 영특하기도 하다우. 호호."

대체 노부인은 레이첼의 어디를 보고 저런 황당무계한 단어를 붙인단 말인가.

소년이 보기에 레이첼은 영락없는 영악한 내숭쟁이다.

그렇다고 이를 말할 수 없으니 억지웃음으로 감사를 전한다.

"감사합니다. 노부인. 레이첼 영애께 번거로움을 끼쳐 송구합니다."

"아뇨. 딕스 경, 절 따라오세요. 할머님, 어머님, 파티장에서 뵙겠습니다."

딕스는 인자한 표정으로 자신을 바라보는 노부인께 정중

히 인사한 뒤 응접실을 빠져나왔다.

노부인 앞에서 예의 바르던 레이첼. 밖으로 나오자 표정이 싹 변했다.

"어머니를 화나게 했군. 뒤끝이 만만치 않은 분이다."

딕스는 레이첼이 자신에게 충고를 해주는 것이란 느낌을 받았다.

의외로 저 여자애… 나쁜 아이는 아닌 것 같다는 생각이 문득 들었다.

'가만있는데도 미운털 박는데 나더러 어쩌라고? 쳇!'

\*　　　\*　　　\*

캐넌은 얼마 전 식당에서 있었던 일로 딕스를 잔뜩 벼르고 있었다.

마법부 내에서 물의 재능자와 불의 재능자의 동선이 겹치는 곳은 흔치 않았기에 그는 분풀이할 기회를 잡지 못했다.

여기에다 마법부의 규칙상 재능자끼리의 다툼이 허용되지 않기에 소년이 마법부에 있는 한 흡족할 만큼 손을 쓸 수 없었다.

그러던 차에 캐넌은 딕스가 폰트 가문의 초대를 받아 나간 것을 알게 됐다.

캐넌은 이 기회를 놓치고 싶지 않았다.

"오만방자한 네놈을 사람들이 보는 앞에서 톡톡히 망신을 주고 말겠다. 두 번 다시 얼굴을 들고 다닐 수 없도록!"

캐넌은 가문의 힘을 이용해 폰트 자작 가문의 초대장을 즉시 입수했다.

이런 일은 그에게 손바닥 뒤집는 일보다 쉬웠다.

초대장을 입수한 캐넌은 즉시 마차를 타고 폰트 가문으로 향했다.

'가만, 그러고 보니 놈의 큰형이 아카데미의 학생이라고 했지.'

캐넌의 뇌리에 소년을 더욱더 괴롭힐 묘수가 떠올랐다.

병신이 된 형을 본다면 자신의 주제를 파악하며 천박한 놈답게 평생 그렇게 살리라.

그의 입가에 잔인한 미소가 활짝 피어난다.

"마부, 왕립 아카데미로 방향을 돌려라."

마차는 그 즉시 방향을 아카데미로 돌려 힘차게 내달렸다.


그 시간.

딕스는 레이첼을 쫓아다니며 원치 않는 저택 구경을 하고 있었다.

'정말 안내해 주네. 왜지?'

이러한 의문을 마음에 한가득 품고서.

"난쟁이 똥자루, 따라와."

'지는 얼마나······. 흠, 나보단! 음, 확실히 크군.'

그녀의 호칭에 정면으로 반박할 말이 떠오르지 않는다.

자신과 불과 한 살밖에 차이가 나지 않는 올해 열네 살인 레이첼.

그녀는 젖을 뗀 이후 매 끼니때마다 신선한 고기를 줄곧 먹었기에 발육이 저리 좋을 것이다.

이리 단정 지은 딕스는 앞으로 더욱더 열심히 고기를 섭취해 성장판을 활성화시키고 말겠다며 단단히 별렀다.

'나도 이제 삼시 세끼 고기 먹어! 흥, 너만 먹느냐.'

오늘의 이 불명예를 기필코 그녀의 정수리를 내려다보며 풀고야 말리라.

속으로 단단히 결심하는 소년이다.

"기지 말고 걸어서 와라."

한층 업그레이드 된 딕스를 향한 레이첼의 도발.

'너는 조만간 가슴에 수박 통을 달고 다니다가 분명 만날 자빠질 것이다. 흥!'

딕스는 자신의 저주가 그녀에게 축복이란 걸 모른다.

레이첼의 최근 희망이 큰 가슴인 것도 모르고.

*　　　*　　　*

'어라? 테일 형?!'

레이첼을 따라 정원을 산책—사실은 배회—하던 딕스는 고급스런 마차에서 내리는 자신의 큰형을 우연히 보게 되었다.

지금쯤 고된 학업에 지쳐 세상모르고 잠을 자고 있을 큰형이 왜 이곳에 나타났을까? 이러한 의문을 가질 사이도 없이 딕스는 곧이어 내리는 자를 보곤 인상을 와락 구겼다.

캐넌 드 보리치!

딕스는 두 사람이 일면식도 없음을 잘 알고 있었다.

만일 두 사람이 아는 사이였다면 큰형이 분명 자신에게 말해줬을 것이다.

하지만 이제까지 일언반구도 없었다.

그렇다는 것은…….

"뭘 그리 넋을 놓고 보는 것이냐?"

레이첼이 곁에 다가와 말을 걸었다.

캐넌의 저의에 대해서 생각하느라 그는 그녀의 말을 못 들었다.

두 번을 불러도 딕스가 정면만 쳐다보고 꿈쩍도 안하자 답답해진 레이첼이 그의 옆구리를 쿡 찔렀다.

그제야 놀란 표정으로 딕스는 그녀를 응시했다.

그러다 곧 그녀에게서 시선을 돌렸다.

방금까지 키 작은 관상목 너머에 있던 형과 캐넌이 보이지 않았다.

"보리치 자작 가문을 알아?"

귀족이라면 필히 배우는 것이 있다.

그것은 각 귀족 가문의 가계와 그들이 사용하는 문장이다.

소년의 아랫배 깊은 곳에서 찜찜함이 빠르게 솟구친다.

경직된 소년의 얼굴을 옆에서 들여다본 레이첼은 이 일에 흥미가 동한 듯 관심을 보였다.

"그러고 보니 보리치 가문의 캐넌 공자도 왕실 마법부 소속이라고 알고 있는데 너와 안면이 있겠구나."

딕스는 그녀의 말에 일일이 대답해 줄 마음도 여유도 없었다.

그의 이런 태도에 발끈할 법도 한데 의외로 레이첼은 이를 탓하지 않았다.

캐넌이 큰형을 대동하고 나타났으니 이는 분명 모종의 노림수가 있음이다.

점점 심각해지는 소년의 표정이 그제야 예사롭게 보이지 않았던지 레이첼이 은근 걱정조로 말했다.

"그와 사이가 좋지 않은가 보구나. 어쩌다……."

"원치 않아도 발생하는 일이 있죠. 그런 경웁니다."

"내가 경고 하나 해줄까?"

"경고요?"

"캐넌 드 보리치는 굉장히… 난폭한 남자야. 될 수 있는 한 그와 엮이지 마라. 이미 늦은 것 같지만."

딕스는 순간 자신의 귀를 의심했다.

"갑자기 왜 제게 그런 말씀을 하시는 건가요? 아가씨."

"저 녀석……. 나도 마음에 안 들거든."

"그렇군요."

"연회 시간이 다 된 것 같으니 우리도 들어가자."

"함께요?'

그녀와 함께 다니는 내내 소년은 불편했다.

불편한 속내를 감추는 것도 고역이다.

하지만 그 불편한 동행보다 더 곤란한 일이 발생할 조짐이 보였다.

그 조짐이 발화되지 않도록 최대한 빨리 발화점을 제거해야 한다.

발등에 떨어진 불을 끄기 위해 딕스는 그녀와의 동행을 거절할 수밖에 없었다.

그래서 그의 반문과 표정엔 거부 의사가 노골적이다.

소년에게 작은 친절을 베풀려 했던 레이첼은 그의 태도에 순간 수치심을 느꼈다.

그 느낌은 뭐랄까, 바람맞은 기분? 좀 묘한 감정이 들었다.

생소한 이 감정에 레이첼은 울컥했다.

"무례하군."

순간적으로 느꼈던 수치심.

그걸 그에게 보여주면 안 될 것 같단 생각에 레이첼은 서릿발 같은 표정과 말투로 그를 찔렀다.

이에 꿈쩍할 딕스가 아니다.

그리고 지금은 정말로 다른 곳에 정신을 팔 시간이 없었다.

"무례했다면 용서하십시오. 제가 볼일이 있어서……. 이 만."

속성으로 배웠지만 몸에 인이 박인 그 예법에 맞게 딕스는 정중히 양해를 구했고 레이첼은… 버림받았다.

레이첼의 얼굴이 시뻘겋게 달아올랐다.

이미 몸을 돌린 상태라 딕스는 그 모습을 보지 못했다.

뭐, 봤더라도 신경 쓰지 않았을 녀석이지만.

*　　　*　　　*

연회장에 도착한 뒤로 캐넌은 내내 주위를 두리번거리며 누군가를 찾는 듯한 행동을 보였다.

그의 이러한 행동은 사람들의 관심을 끌기에 충분했다.

사교계에서 캐넌은 매너와 교양을 겸비한 전도유망한 청년으로 좋은 평가를 받았다.

여기다 그의 아비 또한 고위 공직자라는 점과 가문을 승계할 유일한 후계자라는 배경이 겹쳐지면서 그는 꽤나 높은 인기를 구가했다.

이런 그가 폰트 가문 연회에 참석하자 그의 등장 이후 귀족가의 아가씨들이 내내 술렁이고 있었다.

"어머나! 캐넌 님, 반가워요. 잘 지내셨어요?"

"어머, 캐넌 님이 오실 줄 알았다면 좀 더 신경 썼을 텐데. 호호호."

"저 기억나세요? 저번에……."

캐넌의 가문보다 한 수 처지는 가문의 아가씨들이 적극적인 교태를 부렸다.

이들보다 상위의 신분을 가진 아가씨들은 자존심 때문인지 간접적인 방법으로 캐넌의 관심을 끌려고 했다.

평소라면 이를 크게 즐겼을 캐넌이지만 지금은 내심에 다른 꿍꿍이를 품고 왔기에 여자들의 지나친 관심에 오히려 짜증이 치밀었다.

그렇다고 이를 노골적으로 드러낼 수가 없었기에 머릿속과 혀가 연방 따로 놀았다.

'꼴에 보는 눈은 있어가지고. 오크 같은 년.'

"영애의 미모가 지금도 이리 눈부신데 더 치장을 하신다면 이 눈이 멀어버릴까 두렵군요. 하하."

"어머나! 정말요?"

"당연하죠. 하하하."

딕스를 찾는 캐넌의 눈길이 더욱더 바빠진다.

이런 그의 눈에 마침 레이첼이 띄었다.

연회를 개최하는 폰트 가문의 외손녀인 그녀라면 딕스에 대해 알까 싶어 그는 몰려든 아가씨들에게 정중히 양해를 구한 뒤 레이첼을 향해 성큼성큼 걸어갔다.

캐넌이 레이첼을 향해 곧장 걸어가자 그를 주시하고 있던 여자들의 눈이 질투로 쌜쭉해졌다.

"뭐야? 저 어린 촌년에게 캐넌 님이 간 거야?"

"어머, 어머, 우리 캐넌 님이 촌년에게 홀리셨나 봐."

"어린 게 벌써부터 발랑 까져서……. 저래서 촌년은 안 된 다니까. 흥."

사실 이 연회장에 참석한 그 어떤 아가씨보다 레이첼의 미모가 출중했다.

현재는 꽃봉오리에 불과하지만 2, 3년만 지나도 그녀의 미모를 따라잡을 여자는 흔치 않을 것이다.

레이첼은 캐넌이 자신을 향해 곧장 걸어오자 안 그래도 차가운 표정이 더욱 차갑게 변했다.

"오랜만입니다. 레이첼 영애."

"오랜만에 뵙습니다. 캐넌 공자님."

"여전히 똑 부러지는 성격이군요. 하하."

"저에게 하실 말씀이라도 계신가요. 캐넌 공자님."

용건이 없으면 그냥 가라는 노골적인 박대의 어조다.

꿈틀.

레이첼의 태도가 캐넌의 자존심과 심기를 크게 건드렸다.

'이 계집애가 감히!'

캐넌의 눈에서 흉악하고 스산한 기운이 스멀거리며 흘러

나왔다.

레이첼은 이를 직시하면서도 표정 하나 흐트리지 않았다.

캐넌을 예의 주시하고 있던 연회장의 여자들은 레이첼이 그에게 꼬리를 친다며 속으로 광분했다.

그녀의 속도 모른 채.

"나비가 꽃을 찾는 데 꼭 용무가 있어야 하나요. 하하."

"전 사람이지 꽃이 아닙니다. 공자님."

꿈틀!

캐넌은 예의상 한 자신의 멘트에 말뚝을 박는 레이첼의 말투에 순간 쌍심지를 켰다.

하지만 이러한 쌍심지는 레이첼의 어머니가 호들갑을 떨며 다가오면서 언제 그랬냐는 듯 순식간에 사라졌다.

"어머나! 캐넌 공자 아닌가요."

공국에서 다섯 손가락 안에 드는 최고의 신랑감이 자신의 딸과 도란도란 이야기를 나누는 모습에 세리나 남작 부인은 마치 훈장이라도 받은 사람처럼 크게 기뻐했다.

딕스가 어디 있는지 물으려다 레이첼의 태도에 마음이 상한 캐넌이다.

여기에 세리나 부인까지 끼어들어 호들갑을 떨자 내심 추악한 욕설을 모녀에게 쏟아부었다.

한편, 딕스는 연회장에 몰래 숨어든 뒤 캐넌의 일거수일투족을 살피다가 그의 주위에 큰형 테일이 보이지 않자 자신이 착각한 게 아닐까라는 생각을 하고 있었다.

그때, 캐넌과의 자리가 불편했던 레이첼은 이 자리를 모면하기 위해 주변을 둘러보다 화분 뒤에 숨어 이쪽을 예의 주시하고 있는 딕스를 우연히 보게 되었다.

'쟤는 왜 저기 있는 거지? 수줍어서 숨어 있을 리는 없을 텐데.'

레이첼은 캐넌에게 관심을 보이던 딕스의 표정이 떠올랐다.

그 표정은 유쾌함과 거리가 멀었다.

의문과 걱정이 명확하게 드러났다.

그리고 뚜렷하지는 않지만 다급한 느낌을 그의 얼굴에서 본 것 같았다.

딕스는 자신의 위치가 레이첼에게 들킨 것도 모른 채 큰형 테일을 다른 곳에서 한 번 더 찾아보기로 하고 적당한 기회를 노려 빠져나갈 틈을 엿보았다.

그런데 하필 그때 딕스가 숨어 있는 화분 쪽으로 캐넌에게 노골적으로 아양을 떨었던 여자들이 걸어오고 있었다.

딕스의 얼굴이 순간 난감해졌다.

마법부의 관복을 입은 자신을 저 수다쟁이 여자들이 모른 척할 리 없었다.

그럼 자연 사람들의 관심이 잠시라도 이쪽으로 쏠릴 터였다.

'저 여자들은 왜 이쪽으로 오는 거야? 젠장.'

난감한 상황이었다.

아직은 캐넌의 눈에 띄면 곤란하다.

큰형을 만나 자초지종을 들어본 뒤 만나더라도 만나야 한다.

다급한 표정이 소년의 눈동자 움직임에 여실히 드러난다.

그때였다.

장내의 이목을 집중시키는 소란이 발생한 것이.

쨍그랑!

"어멋!"

레이첼이 들고 있던 음료수 잔이 바닥을 때리며 산산이 부서졌다.

잔이 부서지면서 음료수가 캐넌의 바지에 튀었다.

캐넌의 표정이 순간적으로 가식 없이 험악하게 일그러졌다.

그 순간, 딕스가 숨어 있던 화분 쪽으로 몰려오던 여자들의 발걸음과 눈길도 동시에 소란의 현장으로 이동했다.

딕스는 하늘이 주신 이 기회를 놓치지 않고 즉시 연회장을 빠져나갔고 그가 사라지는 모습을 캐넌에게 사과하는 레이첼의 눈길이 쫓고 있었다.

픽!

"어이쿠!"

연회장을 급히 빠져나온 딕스는 그만 하인 알랭과 부딪히고 말았다.

몸이 가벼운 딕스가 엉덩방아를 찧었고 이에 알랭의 얼굴이 하얗게 질렸다.

"죄, 죄송합니다. 손님."

복도를 지나가던 하녀와 하인들이 놀란 얼굴로 이쪽을 보았다.

사람들의 이목이 가장 곤란한 소년이다.

하필 이때 하인과 부딪혀 이목의 조명을 받다니. 서둘러 일을 마무리 지어야 한다.

뭐, 평소에도 이딴 일로 소란을 떨 소년은 아니다.

"괜찮아요. 제가 앞을 보지 않아서 부딪힌 걸요."

알랭은 순간 유일신 아르온의 천사가 눈앞에 강림한 게 아닐까라는 표정을 지었다.

내심 알랭의 처지를 걱정했던 하인과 하녀들은 소년의 너그러운 태도에 다들 제 일처럼 고마워했다.

"가, 감사합니다요. 손님."

"그렇게까지 말하면 제가 미안하죠. 저기, 알랭 씨."

"예, 손님."

"저 혹시 보리치 가문의 캐넌 공자와 함께 온 사람들이 어디에 있는지 알 수 있을까요? 그중에서 십 대 후반의 청년을 찾는데요."

잠시 생각하던 알랭이 미안한 표정으로 고개를 갸웃거릴 때였다.

이들의 추돌을 지켜보고 있던 하녀 중 하나가 다가와 말해 주었다.

"그분은 뒤뜰 연무장에 계세요."

"연무장요?"

딕스는 생뚱맞은 소리를 들었다는 듯 하녀를 응시했다.

정원이면 몰라도 연무장이라니.

왜 형이 거기 있단 말인가? 딕스는 하녀가 착각했다고 여겼다.

하지만 이어진 그녀의 설명에 결코 착각이 아님을 알게 되었다.

"예, 검술 대련을 하시기로 한 분들이 그곳에서 몸을 풀고 계세요. 제가 좀 전에 음료수를 갖다 드렸거든요. 손님께서 말씀하신 청년도 거기에서 보았습니다."

귀족가의 연회는 초청된 손님들에게 볼거리를 제공한다.

그중 가장 으뜸은 견습 마법사들의 마법 시연이고 그 뒤를 이어 기사의 아류라 불리는 검객들의 검술 대련과 이름난 음유시인의 공연이다.

귀족가의 행사에 자주 참여하는 선배들 덕분에 하녀의 말을 금방 이해한 딕스.

'아카데미 학생인 형이 왜 검객 대우를 받으며 검술 대련에 나온 거지?

가난한 학생이나 배경이 일천한 학생들의 경우 용돈 벌이와 앞으로의 취업을 위한 포석의 일환으로 이 일을 자청한다.

이런 자리도 흔치 않아서 다들 목을 맨다.

그러니 캐넌의 음흉한 속을 모르는 딕스의 큰형 입장에선 좋은 기회로 보일 수밖에 없다.

어찌 이러한 속사정을 소년이 알겠는가.

"연무장이 어디죠?"

하녀가 가리킨 방향으로 딕스는 뛰듯이 걸었다.

*    *    *

"혀어~ 엉!"

"어, 딕스 아니냐? 네가 여긴 무슨 일이냐?"

형을 찾았다는 안도와 다급함이 딕스의 하얗고 작은 얼굴 위로 빠르게 교차하고 있었다.

"형, 여기 왜 온 거야?"

"그러는 넌 여기 웬일이냐? 그것도 이 늦은 시간에."

"일단 자리를 옮겨서 얘기하자."

검술 대련에 참가하는 자 중 한 명이 날카로운 시선으로 이들 형제를 지켜보고 있었다.

이자는 캐넌의 사주를 받고 오늘 테일과 검술 대련을 펼치기로 한 자였다.

딕스는 큰형과 캐넌만 신경 쓰느라 이자를 미처 보지 못했다.

"알았다. 잠시만 기다려."

테일은 사람들에게 양해를 구한 뒤 딕스의 뒤를 따랐다.

이들 형제가 사라지자 이들을 예의 주시하던 사내도 함께 자리를 비웠다.

사내가 향하는 곳은 캐넌이 있는 연회장이었다.

한적한 곳에 도착한 딕스와 테일.

"형, 캐넌이란 사람과 함께 온 거야? 도대체 그자를 어떻게 알아?"

"교수님의 소개로 캐넌 공자를 따라왔어. 그런데 무슨 일인데 그래?"

동생의 태도를 통해 테일은 모종의 일에 자신이 연루되었다는 생각이 들었다.

위기가 닥칠수록 차분해지고 냉철해지는 사람이 있다.

그 사람이 바로 딕스의 큰형 테일이다.

소년은 급한 마음에 명령조로 말했다.

"지금 당장 아카데미로 돌아가. 여긴 형이 있을 곳이 아니야."

테일은 역시 심상치 않은 일이 발생했음을 딕스의 태도에서 선명하게 느낄 수 있었다.

자신의 동생은 결코 자신에게 이처럼 말하지 않기 때문이다.

둘째 동생이면 몰라도.

딕스로서는 테일에게 이유를 설명할 시간이 없었다. 최대한 빨리 형을 돌려보내는 게 급하기에.

검술 대련!

캐넌의 꿍꿍이를 깊이 생각하지 않더라도 놈이 형을 데려온 이유를 충분히 짐작할 수 있는 상황이다. 딕스는 자신으로 인해 큰형이 다치는 걸 원치 않았다.

몰아치는 동생을 묵묵히 지켜보던 테일이 침착하게 입을 열었다.

"딕스, 네가 형을 걱정하는 마음은 알겠어. 하지만 형에게도 형 나름의 인생이 있다. 그리고 그와 약속을 한 이상 돌이킬 수 없다. 네 형이 약속 하나도 지키지 못하는 그런 사내이길 바라는 것이니? 설사 음모가 있더라도 음모를 두려워하여 피한다면 어찌 기사를 꿈꾸는 사내라고 할 수 있겠느냐?"

딕스는 테일의 대답에 마음이 돌덩이처럼 무거워졌다.

아버지의 성격을 가장 많이 닮은 사람이 큰형 테일이다.

이것을 알면서도 씨도 안 먹힐 이야기를 했다.

'제길, 바보같이 형에게 남으라고 한 꼴이 되어버렸잖아!'

딕스는 그제야 자신의 실수를 깨달았다.

이래서 사람은 급할수록 침착해야 하는데.

하지만 상황은 늦어버렸다.

큰형의 눈빛을 보니 가라고 해도 갈 눈빛이 아니었다.

소년은 크게 낙담했다. 안 될 걸 알지만 그래도 다시 시도해 본다.

진심은 통한다고 했으니까.

"형이 다칠 수 있단 말이야! 다른 사람도 아닌 나 때문에! 나 그런 꼴… 못 봐. 절대!'

캐넌을 떠올리며 딕스는 이를 갈아붙였다.

실은 그 자신을 향해.

보아도 못 본 척, 알아도 모른 척하며 살아가야 하는 곳이 궁이다.

캐넌을 탓하기 전에 이는 자신의 잘못이다.

'망할 새끼, 아무리 그래도 그렇지. 어린애랑 말다툼했다고 이런 짓을 해! 내 오늘의 이 일을 뼈에 아로새겨 두마. 캐넌.'

뼈를 깎는 수련을 해서라도 반드시 놈보다 먼저 마법사가 되리라.

그래서 캐넌 드 보리치의 콧대를 짓뭉개 버리리라.

그러나 지금은 큰형의 마음을 어떻게 해서든 돌려야 한다.

하지만 현실은 삽 하나로 산을 옮기는 게 더 쉬울 것 같다.

절망을 하면서도 끝까지 매달려 보는 딕스다.

"내가 너로 인해 다치더라도, 아니, 죽더라도 그건 나의 몫이다. 너와 내가 형제이지만 각자에게 주어진 운명은 다르다. 난 내게 주어진 이 운명을 피하지 않을 것이다. 그 원인이 어디에서 기인했든 이건 내 일이다. 그러니 넌 지켜봐 다오. 이게 형으로서 너에게 하고 싶은 말이다. 그리해 줄 수 있지?"

소년에겐 소년의 상황이 있듯 테일에게도 그만의 사정이 있다.

서로의 입장과 위치가 다르다 보니 장시간 이야기하지 않고서는 서로를 이해하기 힘들다.

완고한 테일의 눈빛.

지기 싫어하고 괄괄한 둘째 형조차 저 눈빛의 큰형 앞에서는 항복했었다.

이를 알기에 딕스는 손을 들었다.

"제길, 난 몰라. 형이 죽든 살든 이제부터 상관 안 해. 이 바보 멍청아! 가! 가버려!"

쏟아진 물이다.

이왕 일이 이리되었다면 다른 방법을 강구할 수밖에.

딕스가 안타까움에 몸부림치고 있을 때 캐넌이 보낸 자가 헐레벌떡 뛰어왔다.

테일은 잔뜩 굳은 딕스의 얼굴을 들여다보더니 곧 그의 어깨를 토닥여 주며 낮게 속삭였다.

"오늘은 동생인 널 위해 나의 피와 땀이 서린 검을 보여주

마. 이 형을… 믿어주지 않을래? 우리 가족이 결코 만만치 않다는 걸 나도 너처럼 증명해 보이고 싶다."

든직한 웃음을 보여주며 돌아선 테일.

"멍청이."

형을 향한 그의 말투는 거칠었지만 걱정은 진심이었다.

지금 당장에라도 캐넌을 찾아가 무릎 꿇고 빌면 용서받을 수 있을 것이다.

아니, 자신의 숨겨진 패인 견습 마법사의 능력을 보여주면 후일에 그 일로 자신이 공주의 말처럼 곤란한 일은 당할 수 있을지언정 지금 당장은 형이 무사할 수 있다.

하지만 선뜻 나서지는 못했다.

페논에 있는 가족의 목숨이 위험해지는 것을 알고 있고 또 그들을 보호해 줄 수 있는 사람은 자신밖에 없다.

이러지도 저러지도 못할 난감한 상황이다.

'방법을 찾아보자. 찾으면… 보일 것이다!'

큰형을 믿어보자. 그리고 자신도 믿어보자.

딕스는 죽을힘을 다해 자신의 마음을 다스리고 있었다.

지금은 냉철한 머리가 필요하기에.

*　　　*　　　*

오늘 연회에서 가장 흥밋거리인 검술 대련이 연회장에서

펼쳐졌다.

연회를 주최한 폰트 가문의 가주는 대련 우승자에게 상금을 내걸었다.

흥미를 띤 사람들과 달리 유독 한 소년은 그 작은 얼굴에 초조한 기색을 드러내고 있었다.

사나워진 딕스의 눈길이 캐넌을 향했다.

마침 캐넌도 그를 보고 있었기에 두 사람은 서로를 볼 수 있었다.

비열하게 웃음 지으며 엄지를 세운 캐넌이 그 엄지를 보란 듯이 아래로 쑤욱 내렸다.

그 손짓에 딕스는 분노를 느꼈고 두려움에 소름이 돋았다.

그는 큰형 테일을 죽일 생각을 하고 있다.

자꾸 그런 느낌을 받았다.

'저 자식이… 저 개놈의 자식이!'

소년의 머릿속에서 천둥이 치고 번개가 친다.

심장이 덜컥 내려앉는다.

이번 이벤트를 준비한 캐넌이 귀족적인 우아한 면모를 발산하며 앞으로 나왔다.

"긴장감과 박진감을 더하기 위해 모든 분께 수갑 대련을 선보이려 합니다."

수갑 대련이란 두 사람의 팔에 각각 수갑을 채워 일정 거리 이상 떨어지지 못하도록 하는 대련 방식이다.

약한 쪽은 뼈에 아로새겨질 만큼 깊은 모욕감을 당할 수 있으며 실수를 가장한 살인과 평생 낫지 못할 깊은 상처를 주기도 하는 잔인한 경기 방식인 것이다.

캐넌은 바로 그 방법을 제시했고 폰트 가문의 가주는 캐넌이 데려온 대련자들이 벌이는 경기였기에 피를 보는 일은 일어나지 않겠지! 라는 생각에 이를 기꺼이 허락했다.

자리로 돌아가던 캐넌이 딕스를 힐끔 보며 승리자의 미소를 날렸다.

부르르.

딕스는 이를 악물었다.

소년은 치열하게 머리를 굴렸다.

방법을 강구해야 한다.

자신이 형에게 도움이 될 방법이 뭐가 있을까?

주위를 둘러본다. 분수가 보인다.

귀족들의 고상한 취미와 그들의 저력을 대외적으로 과시하는 데 사용하는 사치의 상징물.

귀족 놈들은 이해하기 힘들다.

집 안에 왜 분수를 만든 걸까? 저 분수 하나 만들 돈이면 전셋집도 구할 텐데.

흐트러지는 냉정을 다스리기 위해 괜한 트집을 잡아본다.

가만, 분수? 분수는 물을 뿜는 곳이다. 견습 마법사는 물을 조종할 수 있다.

문제는 사람들의 눈이다.

딕스는 평소 감정을 추스르는 그 자신만의 독특한 방법을 통해서 당면 과제를 타개할 힌트를 얻었다.

'형!'

마침 딕스의 큰형 테일이 사람들이 비켜준 길을 따라 나온다.

그의 상대 역시.

많은 사람이 지켜보고 있었지만 테일은 담담했다.

자신이 치러야 할 대련 경기가 내포하고 있는 위험을 알면서도 저리 흔들리지 않기란 쉽지 않다.

테일은 자신의 손을 주물렀다.

바위처럼 딱딱한 그 손을. 봄, 여름, 가을, 겨울, 단 하루도 쉬지 않고 노력한 테일의 훈장이다.

노력은 사람을 배신하지 않는다!

아버지가 항상 해주시던 말씀이었고 그 말을 굳게 믿는 테일이다.

주변을 둘러보는 테일.

귀족들과 어깨를 나란히 하고 있는 동생을 그는 자랑스럽게 바라보았다.

저벅저벅.

동생의 눈길을 뒤로하며 테일은 다시 앞으로 걸어 나갔다.

서늘한 금속 재질의 수갑이 두 사람의 손목을 연결했다.

철컥, 철컥.

사람들의 이목이 두 사람에게 집중됐다.

한쪽은 젊은 청년이고 반대쪽은 노련미가 느껴지는 장년의 남자다.

"애송이, 검에 눈이 없음은 알 것이다."

"남자는 실력으로 말하는 법입니다."

테일은 절도 있는 태도로 응수했다.

진행자가 큰 목소리로 규칙을 말했다.

"규칙은 간단합니다. 대련자가 검을 버리거나 항복을 선언하면 됩니다. 그럼, 경기를 시작하겠습니다. 이들에게 응원과 축복을 해주실 분들이 계시다면 지금 하시기 바랍니다. 레이디의 응원과 축복이 두 사람에게 큰 힘이 될 것입니다. 하하하."

대단한 기사들 간의 대결도 아닌데 어떤 귀족 가문의 아가씨들이 나서겠는가.

경기는 레이디의 응원과 축복 없이 시작됐다.

차아— 앙!

테일과 중년 사내의 검이 부딪치며 불똥을 피운다.

쇠줄로 연결된 두 사람이다. 그래서 서로가 서로에게서 멀리 벗어날 수 없다.

약자는 철저하게 놀림받을 수 있는 방식의 경기다.

딕스는 손바닥에 피가 날 만큼 주먹을 꾹 쥐고 있었다.

매순간이 소년을 긴장시켰고 움츠러들게 했다.

대기를 가르는 강철검의 파공성이 매섭고 날카롭다.

경기는 박빙이었다.

현재까진 검력도, 기술도 중년 남성에 못지않은 테일이다.

언뜻언뜻 보이는 중년 남성의 얼굴엔 테일과 달리 여유가 있었다.

이 점이 딕스를 두렵게 만들었다.

술잔을 든 캐넌이 잔을 옆으로 기울였다.

그러자 술이 바닥으로 흘렀다.

이것이 신호였을까? 테일을 향한 중년 남자의 공격이 갑자기 빨라지고 난폭해졌다.

카아아— 앙!

새로운 전개를 알리는 검음!

딕스는 두 눈을 부릅뜬 채 경기를 지켜보았다.

큰형이 점점 밀리기 시작했다.

위험한 상황이다.

검엔 눈이 없다.

저 날카롭고 예리한 물건은 언제든 살을 베고 뼈를 잘라 버릴 준비가 되어 있다.

온몸에 소름이 돋고 식은땀이 전신을… 식은땀?

딕스는 자신의 손바닥을 펼쳤다. 땀을 움직일 수 있는지는 한 번도 시험하지 않았기에 알 수 없다.

하지만 지금 이 순간 제삼자의 눈을 피해 큰형을 도울 수 있는 최상의 방법은 땀이다.

날카로운 파공음이 저 앞에서 들린다.

깜짝 놀라 바라보니 큰형의 소매가 잘려 너덜거렸다.

물의 핵 오메가!

딕스는 그 힘을 지금 발동했다.

자신의 손바닥에 고여 있는 땀을 움직이기 위해 그는 필사적으로 이 일에 매달렸다.

그리고 경기에 무관심한 하나의 시선이 이런 그를 바라보고 있었다.

'뭐 하는 거지?'

그 시선의 주인은 레이첼 데 페논, 그녀였다.

# 제3장

사랑받는 아이

DIX SAGA

사람들은 마나와 공기를 동일시한다.

그들의 생각은 틀리지 않다.

공기는 무속성의 마나라고도 하니까.

외벽인 무속성의 마나를 깊이 파고들면 그 속엔 특화의 마나라 불리는 속성의 마나가 따로 존재한다. 불, 물, 땅, 바람이 바로 그것이다.

그리고 각 속성별로 불가사의한 신비로운 문장이 존재한다.

알파에서 오메가까지 스물네 개의 문장이 바로 그것이다.

신비로운 이 문장은 마법사로 선택받은 자들의 또 다른 이름의 심장이다.

마법사!

그 이름 하나만으로도 경외의 대상이 되는 존재들.

딕스는 물의 재능자로 그의 문장은 오메가($\Omega$)이다.

또한 소년은 견습 마법사이기도 하다.

천부적인 재능을 가진 이 소년.

지금 이 소년은 혼신의 힘을 다해 큰형을 보조하기 위해 최선의 노력을 경주하고 있었다.

'움직여라! 제발! 나의 오메가여! 나의 핵이여… 너의 주인이, 너의 주인이 간절히 바란다! 제발!'


카아— 앙, 챙챙챙!

중년의 검사와 젊은 검사의 대결은 귀족들의 눈과 귀를 즐겁게 했다.

가끔씩은 소름이 돋을 만큼 맹렬하고 강력한 검격이 터져 모두를 소스라치게 만들었다.

중년의 검사는 실력과 노련미로 젊은 검사를 수시로 수세에 몰아넣었다.

위태로운 그 상황마다 젊은 검사 테일은 아슬아슬하게 그 위기를 벗어나 반격을 가했다.

"호오! 애송이 제법인데."

"나는 검사다! 기사가 될 자다! 나를 애송이라 부르지 마라!"

테일은 이를 악물고 소리쳤다.

공국에서도 가장 낙후된 오지, 페논 남작령. 그 시골 남작 영지의 수석 기사 로버트 카일.

어린 시절 테일은 페논이 세상의 중심이라고 생각했고 그 세상의 중심에서 가장 강한 남자가 자신의 아버지라 믿었다.

사내아이는 세상의 중심에서 가장 빛나고 강력한 아버지와 어깨를 나란히 할 수 있는 자가 되고 싶었다.

아버지의 인정을 받고 싶었고 진정한 자신만의 검을 갖고 싶었다.

테일의 나이 다섯 살.

그때부터 테일은 아버지가 수련하는 모습을 몰래 훔쳐보며 그것을 따라했다.

어린아이가 감당하기 힘든 운동량이었지만 단 하루라도 그 운동량을 소화하지 못하면 아이는 잠들지 않았다.

그리고 1년 후, 아버지는 어린 아들의 수련을 지켜보았다는 듯이 아들의 체격에 맞는 목검 하나를 아버지가 건넸다.

산속으로 들어간 아버지가 그 산에서 제일 좋은 목재를 구해 손수 깎아 만든 목검이다.

과묵한 아버지는 자신이 직접 재료를 구하고 정성 들여 깎아 만들었다는 이야기는 단 한 번도 하지 않았다.

그냥 그 정성 들인 목검을 건네주며 딱 한마디만 했다.

힘든 길이다.

그 말씀과 함께 보이던 엷은 아버지의 그 미소, 그건 등불이었다.

테일은 그때의 기억을 단 한시도 잊지 않았다.

자신은 검사다.

그리고 기사를 향해 나아가는 도전하는 자다.

테일은 이러한 다부진 마음으로 오직 검 하나에만 매진했다.

동생들에게 모범이 되는 그런 남자가 되고 싶었다.

넓은 세상을 동생들에게 보여주고 그들이 자신을 믿고 더 멋진 삶을 살게 해주리라!

왕립 아카데미로 떠나던 날 테일은 그렇게 맹세했었다.

"흠, 그 기백은 높이 산다만… 너의 검은 지나치게 정직하다."

"사악한 검은… 정직하게 정진하는 검을! 결코! 이길 수 없다!"

고지식하고 우직한 테일의 이 말에 중년 남자의 입가에 잠시 잠깐 쓸쓸함이 어렸다.

열정으로 살던 그 시절, 꿈을 위해 앞만 보고 정진하던 순수의 나날들.

세월이 켜켜이 쌓이면서 그때의 순수한 열정은 식어버렸고 어느 순간 잿빛 현실과 타협한 자신을 발견하게 되었다.

검이란 원래 타인을 상하게 하는 날붙이라 믿기 시작하면서 검사로서의 긍지도 함께 잃어버렸다.

테일의 외침에 중년 남자는 자신의 젊은 날을 그에게서 보게 되었다.

그건 충격이었고 슬픔이었다.

그리고 자신이 잃어버린 것을 가진 자에 대한 질투심이 중년 남자를 휘감았다.

그 감정은 폭풍 같은 살기가 되었다.

"어린놈이 세상 무서운 줄 모르는구나! 그래, 너의 그 정직하고 정의로운 검이 얼마나 대단한지 내 똑똑히 보겠다! 나를 쓰러뜨려 봐라. 애송이!"

중년 남자의 검력은 더욱더 흉험해지고 강력해졌다.

테일의 손바닥이 압력을 견디지 못하고 순식간에 찢어졌다.

선명한 선홍색 핏물이 테일의 검을 적시고 바닥을 물들였다.

테일은 점점 수세에 몰렸다.

위기에 처했지만 그는 끝까지 포기하지 않았다.

"지지 않는다! 난 지지 않아! 난 기사 로버트의 아들이다! 내 아우들의 형이야!"

테일의 현재 실력은 소드러너 중급이다.

소드러너는 마나를 다룰 수 있는 경지의 초입에 든 사람을 지칭한다.

검의 단계는 크게 다섯 가지가 있다.

워커, 러너, 유저, 익스퍼트, 마스터.

각 단계별로 '초급, 중급, 상급' 으로 나뉜다.

그리고 테일의 아버지. 페논 남작령의 수석 기사 로버트 카일은 소드유저 상급으로 진정한 기사의 대우를 받는 익스퍼트의 바로 아래 단계다.

이 하나의 차이가 하늘과 땅처럼 멀다.

대부분의 검사가 한평생 소드유저 상급에서 정체한다.

여기 테일을 몰아붙이는 중년 남자 역시 소드유저 상급자로 이런 경기를 전전하며 그걸로 먹고사는 자다.

검사의 양심과 검을 팔아서 살아가는 자.

현실적인 수입 부분에서 이 중년 남자는 페논 남작령의 수석 기사 로버트 카일이 꿈에서도 만지지 못하는 돈을 벌며 떵떵거리고 산다.

촤르릉.

테일의 목숨을 끊어버리기로 결심한 중년의 남자가 쇠사슬을 당겼다.

중년 남자의 검력을 받고 중심이 무너진 상태였기에 테일은 부지불식간 몸이 딸려가고 말았다.

중심이 오른 다리에 쏠린 테일.

이를 알고 있는 중년 남자가 그 다리를 찼다.

테일의 중심이 한쪽으로 급격히 쏠렸다.

그 방향엔 중년 남자의 검이 하얀 독아를 드러내고 달려오고 있었다.

위기의 순간이다.

사고사로 위장할 수도 있는 상황.

'움직여!'

손바닥의 땀을 움직이는 그 느낌. 그것을 떠올리며 소년은 중년 남자의 이마에 맺힌 땀방울을 그의 눈으로 흘려보냈다.

중년 남자가 순간 크게 움찔했다.

그 시간은 굉장히 짧았지만 테일에게 반격의 기회를 제공했다.

절체절명의 위기 상황.

중년 남자가 잠시 몸을 움찔하는 그 찰나, 상황은 역전되었다.

테일의 검이 중년 남자의 어깨를 관통하고 있다.

이 남자의 목을 충분히 관통할 수 있음에도 테일은 마지막 순간 검끝을 이자의 목에서 어깨로 옮겼다.

"아!"

"저 젊은 검사가 이겼어!"

"와아!"

사람들은 반전을 좋아한다.

특히 젊고 잘생긴 거기에다 심성까지 바른 자의 기사회생을.

그 멋진 일이 지금 눈앞에서 펼쳐지자 관객 모두 테일에게 환호와 박수갈채를 아끼지 않았다.

챙그랑.

중년 남자의 손에서 검이 떨어졌다.

팔을 늘어뜨린 중년 남자의 손끝으로 핏물이 줄줄 흘러내린다.

"젊은 검사의 승리를 선언합니다!"

파티의 주최자가 선언하자 장내는 또다시 뜨거운 갈채가 터졌다.

그리고 이 모습을 안도하며 바라보는 소년.

'땀을 움직이는 감각이 바로… 이런 거였구나!'

큰형이 위기에 봉착한 순간 자신의 땀을 움직여 본 딕스.

그리고 그 느낌을 물의 핵 오메가에 인식시킨 뒤 중년 남자의 땀방울을 모아 이동시켰다.

굉장히 짧은 시간이었다.

걱정이 이만저만이 아니었다.

바늘 틈보다 미세한 이 기회를 과연 큰형이 놓치지 않고 잡을 수 있을까 걱정했다.

하지만 큰형은 자신의 걱정을 통쾌하게 비웃으며 그 기회를 당당하게 붙잡았다.

기회를 잡을 수 있는 것도 실력이다.

그러니 이 싸움은 온전히 큰형의 실력으로 이긴 것이다.

딕스는 진심으로 큰형의 승리를 기뻐했다.

그렇게 기뻐하는 소년을 매섭게 노려보는 시선이 있다.

그 시선의 주인공은 캐넌 드 보리치, 자신의 자존심을 지키기 위해서라면 그것이 무엇이든 닥치는 대로 할 수 있는 위험한 인간이다.

빠드득.

*     *     *

다그닥, 다그닥.

경쾌하고 가벼운 말발굽 소리.

한 대의 이두 마차가 도심을 적당한 속도로 내달리고 있다.

도로 옆에는 마도진에 의해 가동되는 가로등이 주변을 밝혀준다.

처음 저것을 봤을 때 얼마나 신기했던가.

창밖을 보다가 시선을 돌린 딕스.

테일의 표정은 승리자치곤 매우 어둡다.

자신의 승리에 대해 미심쩍은 생각을 품고 있어서다.

"포상금도 두둑이 받고 이기기까지 했는데 표정이 왜 그래? 형."

"이상해서."

"뭐가?"

"그자… 왜 중간에 검을 멈추었을까? 충분히 끝장낼 수 있었는데."

테일의 말에 딕스는 뜨끔했다.

고지식하고 완고한 아버지와 쌍벽을 이루는 유일한 남자.

이 승리에 자신이 개입한 사실을 알게 되면 틀림없이…….

'큰형이랑 서먹하게 지내는 건 자신 없어.'

무조건 모른 척해야 한다.

선의의 침묵은 선의의 거짓말과 함께 인생을 살아가는 데 필요한 처세술이다.

"행운의 여신이 형을 좋아하나 보지. 자고로 남자는 미녀에 약하고 여자는 미남에 약하다고 하잖아. 아까 봤지. 형을 바라보던 그 눈에 하트가……. 휴, 암튼 형이 이렇게나 대단한 남잔 줄 몰랐다니까. 오늘 정말이지 형이 자랑스러웠어. 헤헤."

칭찬은 고래도 춤추게 한다는데 설마 사람인 큰형쯤이야.

하지만 사람 중에도 칭찬에 동요하지 않는 이가 있었으니.

"아냐, 오늘의 승리……. 왠지 내가 이룬 게 아닌 것 같아."

고리타분한 진지남. 감 좋은 남자 테일이다.

쓸쓸한 표정으로 고개를 내젓는 테일의 모습에 딕스는 속이 답답해졌다.

돈도 벌고 인지도도 높이고 두루두루 좋은 시간이다.

위기가 있긴 했지만 결과적으로 모든 게 술술 풀렸다.

그럼 된 것이지 왜 저리 생각을 많이 하는 걸까 싶다.

덤으로 자신도 순수한 물이 아닌 인체에서 빠져나온 땀을 조종할 수 있단 걸 배웠으니 오늘은 로버트 가문에 참으로 복된 날이 아닐 수 없다.

소년은 오늘 자신이 한 일을 단순한 잡기라고 생각했다.

하지만 과연 그럴까? 이것이 단순한 잡기일까? 두고 볼 일이다.

'흠, 똥물도 움직일 수 있으려나?'

캐넌 드 보리치.

놈도 인간인 이상 화장실에 갈 것이다.

한참 볼일을 보는 놈에게 똥물을 뒤집어씌운다면 참으로 볼만할 것이다.

이슬만 먹고 사는 요정처럼 고상하게 구는 그놈의 콧대가 단숨에 주저앉을 텐데.

딕스는 화장실에 처박혀 똥물을 움직이는 수련을 하는 자신의 모습을 상상했다.

"우웩!"

"멀미하냐?"

"아, 아니… 너무 더러운 걸… 상상해서."

이걸 이야기해야 할까? 말아야 할까?

딕스가 예전 마을에서 왕따를 당하던 시절, 복수의 일념으로 뒷간에서 오래 묵은 똥물을 수집(?)한 적이 있었다.

필요한 양만큼 수집한 그는 아주 흡족한 마음으로 뒷간을 나오려다 그만 발을 삐끗해서 똥통에 빠지고 말았다.

다행히 그 주변에 있던 사람들이 소년의 비명을 듣고 달려와서 막 잠수하려던 그를 구해주었다.

그 뒤로 소년은 화장실에 가면 공포를 느꼈다.

이러한 소년이 뒷간에 죽치고 앉아서 똥물을 뚫어져라 바라보며 수련을 한다? 캐넌의 명예를 실추시키기 이전에 소년의 명줄이 먼저 떨어질 것이다.

'역시 더러운 건 손대는 게 아냐.'

과감하게 똥물을 복수 계획에서 삭제하는 딕스.

"…뒷간 상상을 했구나. 흠……. 또 무슨 흉계를 꾸미는 거니? 제발 부탁인데 그런 꼼수 좀 부리지 말고 남자답게 당당하게 행동해라."

"꼼수라니… 기발한 아이디언데. 세상은 아이디어가 지배한다! 라는 말이 있어."

"처음 듣는데."

"조만간 명언으로 공국 어록에 등록될 거야."

"야무진 녀석. 하하하."

작고 도톰한 입술을 참새 주둥이처럼 쉬지 않고 재잘거리는 막냇동생.

그 모습이 하도 귀여워 테일이 크게 웃음을 터뜨린다.

형이 우울한 고민을 다시 하기 전에 재빨리 수다를 떠는 딕스다.

"내가 좀 야무진 구석이 있지. 형도 제발 융통성 있게 살아 봐라. 그리 고지식하게 살면 형은 평생 장가도 못 갈 거야. 아까도 그래, 영애들이 관심을 보이고 접근하면 재빨리 이름이랑 주소를 따야지 그게 뭐야? 부족한 저를 응원해 주셔서 감사합니다, 레이디. 그럼, 이만 실례? 형, 지금 시대가 어떤 시댄데 대하역사극에서나 볼 수 있는 그런 고리타분한 대사를 읊어. 그러니까 다들 촌놈이라고 놀리잖아. 요즘 누가 그런 말을 해? 형이 내 형이다! 내 큰형이다! 라고 막 자랑하려다 형이 그 대사 치는 바람에 쪽팔려서 숨었잖아. 다음엔 절대 그러지 마."

예전부터 느꼈지만 막냇동생의 입심은 대단했다.

오죽하면 가족들이 '입만 익스퍼트'라는 별명까지 지어 줬겠는가.

한데 지금 보니…….

"마스터가 되었구나."

변두리 기사 집안 아니랄까 봐 어째 별명을 지어도 익스퍼트가 뭔가. 익스퍼트가!

이왕이면 마스터라고 하면 얼마나 좋은가. 폼부터 팍팍 나지 않는가.

하긴 촌 물이 그렇지.

그나마 수도에서 생활한 테일이기에 세련되게 마스터를 언급한다.

이래서 사람은 수도에서 물 먹어야 한다는 말이 있나 보다.

"난 대륙 최강의 마법사가 될 거야. 마스터는 큰형이나 해. 내가 그 자리 넘겨줄게."

"마스터와 최강 마법사……. 그래, 딕스 너라면 충분히 할 수 있을 거야. 넌 예전부터……."

"예전부터? 뭐?"

"싹수가 보였으니까."

"싹수라는 말… 기분 나쁜데. 마크 형도 아니고 테일 형이 욕을 알 리 없으니까 내 칭찬이라 생각하고 고이 접수할게. 어쨌든 오늘 형, 최고였어."

딕스는 수줍은 표정으로 큰형을 향해 엄지를 보여주었다.

아! 내 소중한 엄지여!

"푸하하하하, 큭큭, 너, 너 웃기지 마라. 하하하하."

*　　　*　　　*

6년 뒤, 자신과 가족에게 닥칠 핏빛 미래.

다행히 재능자라는 골드 카드를 쥐고 있어 걱정을 덜 수 있다.

그 예지몽이 아니었다면 아무것도 모른 채 자신은 가족과 함께 죽음의 골짜기를 향해 달려가고 있었을 것이다.

자신이 평범한 일개 시골 아이였다면 매분이, 매초가 지옥이었으리라.

그래도 살짝 아쉽다.

미래를 세밀하게 알면 힘이 될 텐데.

"인간의 마음이란. 휴."

딕스의 작은 입에서 제 덩치보다 더 큰 한숨이 나온다.


폰트 자작 가문의 파티 이후 10일이 흘렀다.

그동안 그는 뮬 공국의 유일한 계승자, 엘리자베스 폰 뮬 공주의 말동무 아르바이트를 처음으로 했다.

고작 두 시간 남짓이다.

처음 벤자민 재상에게 이 아르바이트를 제안받았을 때만 해도 딕스는 수련에 지장이 초래되지 않을까 걱정했었다.

그랬던 걱정은 한낱 기우였다.

오히려 아르바이트 시간을 더 늘려야 하지 않나? 라는 생각을 소년은 최근 들어 부쩍 했다.

장차 나라의 실세가 될 엘리자베스 공주다.

그녀를 알고 그녀에게 점수를 따놓으면 득이 되면 됐지. 해가 될 리가 없다.

완전 마력 문장!

그 지루한 작업에 미쳐 버린 재능자도 많다는 말이 괜히 나온 것이 아니다.

그렇다고 수련을 멈출 생각도 느슨하게 할 마음도 없었다.

꿈속이라 몸이 망가져 가던 그때의 그 고통은 알 수 없었지만 하나 확실한 것은 약해서 죽어야만 하는… 그것도 타인의 잘못으로 인해 억울하게 죽임을 당하는 일만큼은 진심으로 피하고 싶었다.

'평탄하게 가도 불안한 상황인데 캐넌이란 걸림돌까지 버티고 있으니……. 휴우, 그래도 내겐 공주님이 있어. 그리고 내게 호의적인 재상 각하도 계시니 이만하면 나도 연줄로는 밀리지 않아!'

공주가 자신에게 어떤 존재가 될지를 자각한 이 소년은 말동무 아르바이트 시간을 늘리도록 방법을 강구하는 중이다.

"캐넌, 그 인간이 왜 잠잠할까?"

"딕스 님."

그의 전담 시녀 젤이 그를 부르며 다가온다.

캐넌과의 사건 이후 딕스에 대한 젤의 충성심은 다이아몬드처럼 빛나고 단단해졌다.

그는 한 명의 적을 만들었지만 반대로 한 명의 아군을 만들었다.

"표정 펴. 젤이 잘못한 거 없어. 그리고 나, 그리 호락호락한 인물 아니야."

이미 지난 일이다. 시간을 되돌릴 수 없는 이상 현실을 인정해야 한다.

그리고 그 현실과 당당히 맞서 싸울 방법을 강구하는 게 옳다.

딕스는 이미 그 방법을 구했다.

자신의 현재와 미래의 불행을 거둬줄 수 있는 확실한, 그리고 가장 잡기 쉬운 강력한 히든카드. 엘리자베스 공주.

아직 이를 젤에게 밝힐 단계는 아니다.

지금은 작업 중이기에.

"죄, 죄송합니다. 저 때문에……."

"됐어, 그보다 지금 수령하러 가면 돼?"

오늘은 소년의 월급날.

"…예."

소년은 총총걸음으로 월급을 수령하기 위해 날듯이 움직였다.

딕스의 당장 꿈은 수도 내, 혹은 인근에 집을 장만하는 것이다.

마법부에서 호의호식하며 생활하는 그에게 사실 집은 필요 없다.

그럼에도 소년이 집에 집착하는 이유는 단 한 명의 가족이라도 미래의 마굴—현재 그의 고향—에서 빼내기 위함이다.

집을 돌봐줄 사람이 필요하단 이유를 내세워 일단 누나를 수도로 불러들일 계획이다.

어머니도 함께 부르고 싶지만 아버지가 움직이지 않는 이상 어머니는 난공불락이다.

그러니 공략이 가장 손쉬운 누나부터 구출할 생각이다.

그러자면 속히 집을 장만해야 한다.

이것이 딕스의 1차 목표로, 가장 현실적이고 확실한 방법이다.

'매형⋯⋯. 아니지, 아직 두 사람이 안 사귀니까. 두 사람이 사귀기 전에 빨리 불러야 하는데. 휴우.'

딕스는 누나와 기사 미켈이 언제 어떻게 사귀는지 알지 못한다.

예지몽에서 본 며칠.

꿈속의 자신이 가장 강렬하게 기억했던 대부분은 가족과 관계된 몇 개의 기억이 전부이다.

그 외에 그가 아는 미래는 아무것도 없었다.

하지만 당장 집을 구입할 경제력이 안 된다.

이런저런 잡다한 생각을 하며 걷다 보니 그는 어느새 왕실 행정부에 도착했다.

"어이, 어서 와라."

"왔냐?"

평소엔 코빼기도 보기 힘든 마법부 선배들이 딕스 앞에 옹

기종기 모여 있었다.

수련에 진척이 없어 죽상이던 표정도 오늘만큼은 다들 해 맑다.

마법부의 재능자는 두 패로 나뉜다.

집안 빵빵한 자들과 그렇지 않은 자로 말이다.

참고로 딕스가 몸담고 있는 물의 마법부 선배들은 비빌 언 덕 하나 없는 가난한 평민 출신이다.

코론이 다가와 팔로 딕스의 목을 휘감는다.

그리고 페일도 그의 옆에 선다.

점잖기로 소문이 자자한 바이트와 리디아까지 갑자기 저 쪽에서 후다닥 달려온다.

딕스는 선배들의 행동에 깜짝 놀랐다.

소년은 선배들에게 빙 둘러싸이고 말았다.

"왜, 왜 그래요?"

이 상황에 당황하지 않을 사람이 과연 몇이겠는가.

딕스의 말투엔 그래서 놀란 심정이 고스란히 담겨 있다.

"쉿!"

"뜨개 온다."

뜨개는 뜨거운 개를 줄인 말이다.

하지만 여기서 말하는 '개'는 인간의 반려 동물이 아니라 한 인간을 지칭한다.

바로 캐넌 드 보리치를 말함이다.

두 사람의 충돌 이후 딕스의 선배들은 그를 캐넌으로부터 보호해 주기 위해 다각도로 노력했다.

지금의 이 행동도 바로 소년을 보호하기 위한 선배들의 소심한 노력이다.

그리고 이러한 소년에 대한 왕궁 내 지지는 비단 이들만이 아니다.

시녀와 시종들도 은연중에 딕스의 편에서 그를 지지하고 도와준다.

딕스는 공공장소—식당—에서 젤을 구함으로 인해 믿을 수 있는 사람을 얻었고 지지층을 구축했다.

이 왕궁에서 그의 적은 단 한 명, 캐넌 드 보리치뿐이다.

물의 재능자들이 꾸러미처럼 서 있는 것을 보게 된 캐넌이 인상을 찌푸렸다.

유일신 아르온께선 왜 저 천박한 잡것들에게 놀라운 재능을 주신 것일까? 재능이란 자고로 고귀한 혈통으로 이어져야 하는 게 아닌가.

평소 이러한 생각을 하고 있었기에 캐넌은 평민 출신 재능자, 특히 귀족 앞에서도 고개를 숙이지 않는 평민 재능자를 무시하고 경멸했다.

"모자란 놈들."

캐넌의 독한 멘트에 물의 재능자들이 얼굴이 차가워졌다.

이들의 싸늘한 표정을 비웃으며 캐넌이 앞을 스쳐 지나

갔다.

"말이 지나치시군요! 캐넌 경."

근래 캐넌과 불화를 빚고 있는 재능자는 딕스가 유일하다.

하지만 물의 재능자 중 단 한 명, 그 한 명만은 캐넌의 신분을 알면서도 그의 부당함을 지적하며 꿋꿋이 맞섰다.

"나대지 마라. 계집."

캐넌과 유일하게 맞서는 사람은 물의 재능자 중 유일한 여자인 리디아였다.

마법부 임관 6년, 아니, 해가 넘었으니 이제 7년 차로 접어든 스물세 살의 여성이다.

"말이 지나쳐요. 캐넌 경."

캐넌의 안면이 잔뜩 일그러진다.

얼마 전, 캐넌은 자신을 예뻐하는 숙부에게 불려가 한참 동안 야단맞았다.

공국에 단 셋뿐인 마법사. 키드 드 말로이드 자작!

캐넌이 오만할 수 있는 또 다른 배경이다.

어지간한 일에는 자신에게 싫은 소리 한 번 하지 않던 숙부의 기나긴 설교와 잔소리에 캐넌은 크게 당황했다.


엘리자베스 공주님과 벤자민 재상이 그 아이를 눈여겨보고 있다.

충격에 충격이 더해지는 숙부의 경고였다.

캐넌이 왜 즉각적인 보복을 하지 않는지 딕스로 하여금 궁금증을 자아내게 했던 배경이 바로 여기에 있었다.

캐넌은 폰트 자작가에서 했던 방식과 달리 자신을 드러내지 않고 괴롭힐 수 있는 방법을 최근 강구하는 중이다.

딕스라면 한 시간 만에 그 방법을 찾았을 텐데 이 녀석은 열흘 동안 제자리걸음을 하는 중이다.

꼴에 귀족이라고 귀족의 자존심에 위배되는 짓을 피해 술수를 짜고 있기에 그렇다.

이런 캐넌에 비해 딕스는 적이란 판단이 서면 수단과 방법을 가리지 않고 동원할 수 있는 모든 것을 동원하여 상대를 박살 낸다.

이것이 딕스의 방식이다.

선배들의 엄중한 보호를 받으며 딕스는 용감한 선배를 응원했다.

'리디아 선배……. 멋집니다!'

딕스는 여자보다 못한 남자 선배 코론, 바이트, 페일을 속으로 나무랐다.

뭐, 이들의 보호를 받으며 웅크리고 있는 입장에서 할 말은 아니지만.

두 눈에 불을 켜고 리디아를 향해 곧장 성큼성큼 걸어가는 캐넌.

이런 그를 전혀 두려워하지 않고 마주 보며 나가는 리디아.

두 사람이 여기서 싸운다면 그 피해는 여자인 리디아보다 남자인 캐넌에게 더 치명적이다.

하지만 오늘의 캐넌은 다른 일로 무척 화가 나 있었다.

이 때문에 그는 무리수를 두고 말았다.

캐넌의 손이 위로 올라갔다.

이를 본 모두가 깜짝 놀랐다.

그때, 누군가의 묵직한 일성이 장내를 쫙 가른다.

"무슨 짓인가!"

두 눈을 부릅뜬 사자처럼 위맹한 눈매와 위풍당당한 체구가 진정 위압적인 기사 패트릭.

그가 리디아의 백마 탄 왕자가 되었다.

콧대 높은 캐넌이지만 왕실 근위대 기사인 패트릭에게 함부로 대할 수는 없었다.

재능자는 재능자일 뿐이다.

마법사가 되기 전의 그들은 사실 국가적으로 도움이 될 만한 사용처가 없다.

냉정하게 말하면 그렇다.

그저 마법사가 되기를 바라면서 밑 빠진 독에 물 붓기 식으로 국가는 이들에게 투자를 아끼지 않는다.

이는 대륙의 모든 나라가 그렇다.

하지만 이미 익스퍼트의 경지에 들어 어디든 투입이 가능한 전력인 기사는 다르다.

마법사와 기사 중 어느 일방을 편애하는 군왕은 없다.

보통 마법사의 손을 들어주는 경우가 많긴 하지만 전체 기사의 불만을 살 행동은 대놓고 하지 않는다.

그러나 재능자와 현직 기사라면 군왕도 기사의 편을 들어준다.

이유는 하나다.

완전 마력 문장을 평생 완성하지 못하고 사라지는 재능자가 수두룩하기에.

그럼에도 이런 재능자를 버리지 못하는 이유는 실낱 같은 그 희망이 국가의 국방력을 대폭 상승시키기 때문이다.

'제길, 저놈은 왜 여기 있는 거야? 요즘 들어 사나운 일진의 연속이군.'

숙부가 마법사지 자신이 마법사가 아닌 이상 현직 왕실 근위기사인 패트릭과 맞서 봐야 불이익만 당한다.

이를 알기에 캐넌은 분을 삭이며 물러났다.

그렇다고 곱게 물러날 놈이 아니다.

삼류 악당의 전형적인 멘트.

"계집, 내 널 두고 보겠다."

그렇게 캐넌이 물러가고 장내는 평화를 되찾았다.

그리고 인의 장벽을 가르며 평화의 대지로 한 소년이 발을 딛는다.

"안녕하세요. 패트릭 기사님."

순진무구한 천사처럼 해맑게 웃으며 등장한 딕스.

남들은 알지 못하는 대륙 최연소 물의 견습 마법사.

딕스를 향한 패트릭이 삼촌미소를 짓는다.

"반갑네. 딕스 군. 아니, 이제 딕스 경이라고 해야 하나? 하하. 그동안 잘 지냈는가."

"예, 염려 덕분에 편히 지내고 있습니다. 임무 차 지방에 가셨다는 이야기를 들었습니다. 오늘 올라오신 건가요?"

기사 패트릭은 딕스가 큰형의 장래를 위해 집중 관리하는 자다.

사람들에게 패트릭에 대해 알아본 딕스는 큰형 테일을 이 기사의 종자로 밀어 넣을 생각을 하고 있었다.

물론 패트릭이 받아줘야 하겠지만 자신과의 안면과 친분을 생각하면 플러스 점수를 주지 않겠는가.

사회생활은 다 알음알음이다.

후일 자신이 패트릭의 알음알음이 될지 어찌 아는가.

그래서 자신에게 순수한 호의를 보이는 패트릭에게 딕스는 일말의 죄책감도 없이 당당하게 접근했다.

"어제 왔다네."

"그렇군요. 여긴 월급 수령하러 오셨어요?"

"흠. 뭐, 그렇지……."

이리 말하며 딕스의 선배들을 바라보는 패트릭.

딕스는 이번 기회에 선배들과 패트릭을 소개시켜 줘야겠다고 생각했다.

'흠……. 큰형 포상금 받은 거 반타작했는데. 거기서 좀 빼써야겠구나. 이건 형을 위한 로비도 포함되니까. 나중에 달라고 하지는 않겠지.'

페일과 바이트는 유부남으로 아내의 눈치를 보는 입장이다.

코론은 최근 대출을 받아 집을 사서 형편이 좀 그렇고, 리디아는 처녀 가장이고, 패트릭 경은 딕스가 잘 보여야 하는 입장이라 돈을 쓰게 할 수는 없다.

이 모든 걸 계산한 딕스.

"평소 저를 아껴주시고, 사랑해 주시고, 물심양면 도와주신 고맙고 소중한 분들이 여기 모두 계시네요. 그래서 제가 오늘 한턱 쐈으면 합니다. 어린애가 너무 나댄다 생각하지 마시고. 가벼운 치맥으로 한 달의 노고와 피로를 푸심이 어떨까요? 헤에."

닭과 맥주, 안 비싸다.

너무 비싼 걸 사면! 다들 부담스러워한다.

하긴 어린애가 쏘겠다고 한 것 자체가 저들에겐 부담이다.

하지만 그 어린애의 수입을 아는 자들에게 그쯤은 괜찮겠지? 라는 생각을 갖게 한다.

더욱이 딕스의 선배들은 좀 전 캐넌을 상대로 호기롭게 나서준 패트릭에게 좋은 인상을 갖고 있다.

패트릭 또한 장차 마법사가 될지도 모를 자들과 인연을 맺어두면 크게 나쁘지 않다.

하다못해 공짜 마법 공연이라도 부탁할 수 있으니 득이면 득이지 해는 없다.

뭐, 그런 걸 바라는 사람은 아니지만.

코론이 딕스의 제안을 냉큼 받아서 분위기를 몰아갔다.

인맥의 중요함을 어찌 코론이라고 모르랴.

"막내야. 오늘 이 형, 허리띠 확 풀어도 되지?"

호칭이 선배에서 형으로 바뀌는 것은 친밀도의 대폭 상승을 의미한다.

선후배 간에 생성되는 경계는 형이란 호칭이 들어가면 흐려지고 무너진다.

그때부터 우리가 된다.

'코론 선배와 많이 가까워지면… 피곤할 거야.'

딕스는 코론과 형, 동생 하는 사이가 되고 싶은 마음은 없었다.

그렇다고 이를 노골적으로 드러내면 적이 된다.

그러니 깍듯하게. 그리고 아이답게.

"히히, 코론 선배, 얼마든지 푸세요."

정중함의 다른 이름은… 거절이다.

이백 년 전, 카페티스 제국에서 분리한 뮬 공국.

제국의 그늘에서 벗어나기 위해 공국은 한때 왕국을 칭하기도 했었다.

그러나 국제사회는 뮬 공국의 선포를 인정하지 않았다.

도움을 주겠다던 왕국들이 중요한 순간에 약속을 어겼기 때문이다.

순식간에 줄 끊어진 연 신세가 되어버린 것이다.

제국의 황제는 뮬 공국의 왕국 선포에 분노하여 크게 징벌했고 뮬은 다시 공국으로 전락했다.

그 후 제국은 뮬 공국에 과도한 조공을 요구하며 공국의 성장을 억제시켰다.

공국은 장장 140년을 그렇게 제국으로 인해 고통받고 있었다.


오십 줄을 바라보는 공왕 알리힐 폰 뮬의 입에서 깊은 한숨이 새어 나온다.

슬하에 자식이라곤 여식 하나뿐이다.

장차 이 나라의 여왕이 될 자다.

하지만 문제가 발생했다.

클라우드 폰 야니스.

이십 대 초반에 이미 마법사가 되어 온 대륙을 깜짝 놀라게 한 인물이다.

또한 제국 4대 공작 가문 중 하나인 야니스 가문의 2남이기 도 하다.

외견상 모든 것을 완벽하게 갖춘 남자, 객관적으로 누구나 탐낼 특급 사윗감.

하지만 그런 자의 청혼을 알리힐 공왕은 완강하게 거절하 고 있었다.

'그놈에게 절대 엘리자베스를 줄 수 없어! 절대!'

공왕은 딸애를 향한 놈의 비인간적인 만행을 알게 되었다.

이 나라를 무시하지 않고서야 어찌 일국의 공주를 창녀처 럼 가지고 놀려 한단 말인가.

당장에라도 클라우드란 놈의 면상에 칼 구멍을 만들어주 고 싶었다.

하지만 딸애의 명예와 공국의 안녕을 위해 치솟는 울분을 삭일 수밖에 없었다.

"아바마마."

"아! 자지 않았더냐?"

"무슨 생각을 그리 골똘히 하십니까?"

이 나라에서 공왕 알리힐을 아버지라 부를 수 있는 자는 딱 한 명뿐이다.

엘리자베스 폰 뮬.

"오늘따라 달빛이 곱구나."

"어마마마께서 섭섭해 하시겠어요."

"이런, 내 그 생각을 못했구나. 하하, 네 어머니에겐 비밀이니라."

"그리하겠사옵니다. 호호."

부녀는 연못가에 자리를 잡고 앉았다.

"재상에게 들었다. 말동무를 구했다며?"

"예."

"그 아이가 마음에 드느냐?"

단 하나뿐인 자식에게 생긴 변화를 어찌 이 왕궁의 주인인 공왕이 알지 못하겠는가.

공왕은 딸애가 받은 정신적인 충격을 말동무—딕스—가 풀어주기를 바랬다.

"심성이 맑고 따뜻하며 매사에 성실함이 돋보이는 그런 듬직한 아이랍니다."

"그리 좋으면 자주 곁에 들이지 않고 어찌하여 열흘에 한 번씩 보는 게냐? 혹시, 그 아이의 수련을 방해할까 싶어 그러는 것이냐?"

엘리자베스는 배시시 웃으며 수면으로 눈길을 주었다.

저 훤한 달덩이처럼 빛나던 아이.

대륙이 인정하는 천재 마법사 클라우드 폰 야니스.

그보다 더 일찍 견습 마법사가 된 아이.

장래가 기대된다.

하지만 주위의 기대와 누군가의 시샘이 그 아일 망칠까 싶어 두근거리는 마음을 애써 진정하며 이 놀라운 원석을 고이 놓아두었다.

가끔 그 아이가 무사한지 확인하며 지켜보는 것으로 만족하면서.

"예."

오랜만에 그늘 없이 온전히 웃는 딸의 모습을 본 공왕 알리힐.

'그 아이의 이름이… 딕스라고 했던가? 선물 하나 해줘야겠군. 후후.'

\*　　　　\*　　　　\*

만물이 소생하는 봄기운이 산천을 뒤덮었다.

깊은 응달에도 겨울의 흔적이 옅어지고, 도시는 가벼운 옷차림의 사람들이 활보하고, 아낙들은 겨우내 묵힌 빨래를 하느라 구슬땀을 흘린다.

경제적으로 형편이 되는 집에서는 세탁소에 빨랫감을 모조리 맡긴다.

참고로 도시는 시골 사람들이 생각지도 못한 참으로 다양한 직업들이 야산의 잡풀처럼 펼쳐져 있고 신기한 곳도 많다.

그중 가장 으뜸은 복합 상가 마도의 탑이다.

이곳은 마도 박사들이 마광석과 마흑석을 조합하여 여기서 발생하는 에너지를 효율적으로 사용하는 방법, 즉 마법진이 새겨진 마법 물품을 비롯해서 최강의 신용과 보안을 자랑하는 은행과 고객의 사생활을 철저히 보호하는 통신소가 입점해 있다.

이렇다 보니 마도의 탑은 경제적으로 넉넉한 자들로 항상 문전성시를 이루었다.

부유한 자들이 출입하는 이곳으로 한 소년이 보무도 당당하게 들어온다.

"반갑습니다, 고객님. 카라힐 마도의 탑에 오신 걸 환영합니다."

소년은 왕실 마법부 소속임을 상징하는 유명한 관복을 입고 있었다.

관복의 색은 푸른색으로 이 색은 물의 재능자를 나타낸다.

물 공국 마법부 소속 물의 재능자 중 어린아이는 단 한 명뿐이다.

딕스!

마법부의 규정엔 외출 시 사복을 입어도 된다.

그럼에도 소년은 항상 이 관복만을 줄기차게 고집했다.

여기엔 두 가지 이유가 있었다.

첫째는 이처럼 깔끔하고 고상하며 품격이 돋보이는 의복

을 갖고 있지 않다는 점.

둘째는 신분증 대용으로 쓸 수 있다는 편리성이다.

넉넉한 자들이 이용하는 마도의 탑에서 문전박대당하지 않는 이유는 다 이 관복 때문이다.

"디테 씨, 안녕하세요."

마도의 탑 정문에서 안내인으로 근무하는 젊은 여성.

이곳을 이용하는 고객 대부분이 그녀의 깍듯한 인사를 받지만 아무도 그녀를 신경 쓰지 않는다.

딕스는 그런 자들과 달리 마도의 탑에 올 때마다 이 안내원과 인사하며 지냈다.

그러다 보니 그녀의 이름까지 알게 됐다.

"한 달 만이네요, 딕스 님. 저번 달보다 키가 더 크신 것 같아요."

"그래요? 고마워요. 디테 씨. 헤헤"

딕스는 열세 살이다. 그러나 또래와 비교하면 왜소하고 작다.

소년은 이것이 늘 속상하다.

자신이 남들보다 덜 먹는 것도 아니고 덜 자는 것도 아니다.

유전적으로도 전혀 문제가 없다.

그의 부모와 형제들 모두 크다.

'나는 뭘까?'

그런데 그럼에도 불구하고 소년의 키는 열 살 이후로 굼벵이처럼 더디게 크고 있었다.

그나마 수도에 와서 굼벵이가 굴러준 덕분에 드러나게 조금 컸다.

현재 딕스의 신장 135㎝! 앞으로 그의 목표 키까지 45㎝ 남았다.

그 날을 위해, 180㎝가 되기 위해 건실한(?) 어린이가 되려고 노력한다.

"은행 업무 보러 오셨어요?"

"여기 올 일이 그것밖에 더 있겠어요?"

"참, 제가 쿠폰 하나 드릴까요?"

"쿠폰이요?"

"예."

"…어떤?"

"통신 요금 30% 할인 쿠폰이 있어요."

마도의 탑은 돈 많은 자들이 이용하는 곳이다.

은행 역시 최소 예금이 100골드 이상이어야 고객으로 받아준다.

그래서 서민들은 이곳에 발붙이기 힘들다.

돈은 땅속에 묻어두는 것이 가장 안전하다고 생각했던 딕스에게 마도의 탑에서 운영하는 은행 매장은 신세계였다.

돈을 묻어둔 땅을 누가 파헤치지 않을까? 그 자리를 벗어나면 늘 가슴이 두근거렸다.

그러나 은행을 알고부터 그러한 걱정은 말끔히 사라졌다.

이것만 해도 참으로 고마운데, 글쎄 이 멋진 지킴이가 이자까지 주는 것도 모자라 전국 어디서든지 마도의 탑이 있는 곳에서는 언제든 돈을 찾을 수 있는 서비스까지 제공한다.

왕궁과 은행, 둘 중 하나를 위해 싸워야 하는 사태가 발생하면 소년은 은행을 선택할 것이다.

할인 쿠폰이란 말에 딕스는 귀가 솔깃했다.

인편으로 고향 집에 편지를 보내면 저렴하긴 하지만 중간에 훼손, 분실, 연착까지 각오해야 한다.

그래서 특별한 경우, 즉 돈을 붙일 때는 눈물을 머금고 마도의 탑 통신소를 이용한다.

분실의 우려 때문이다.

문제는 편리하고 신속한 이 기능을 이용하는 비용이 만만치 않다.

그게 무서워서 매달 부모님께 연락을 드리고 싶어도 하지 못하는 딕스였다.

"정말 저 줘도 돼요? 디테 씨?"

"그럼요. 전 고향이 수도고 친인척 모두 여기에 살고 계셔서 쓸 일도 없어요."

통신 요금 30% 할인 쿠폰!

조만간 부모님께 용돈 보내 드릴 생각을 하고 있던 딕스에게 할인 쿠폰은 가뭄의 단비였다.

'3실버 굳었다!'

서민 한 명이 평균 한 끼 식사비로 지출하는 돈은 최하 5쿠론이다.

3실버면 300쿠론으로, 이 돈이면 60끼니를 해결할 수 있다. 도시 외곽에 있는 빈민가에선 이 5쿠론이 없어 굶는 이가 지천이다.

공공사업에 투자할 재정이 모두 제국으로 빠져나가다 보니 그들의 가난을 구제할 뾰족한 방법이 나라에도 없다. 이것이 공국의 현실이다.

"고마워요. 디테 씨. 참, 퇴근하고 뭐 해요?"

"저요? 할 일은 없는데."

"그럼 저녁이나 같이 먹을래요? 참, 다른 사람들도 있는데 괜찮겠어요?"

받았으면 보답을 해야 한다.

까놓고 말해서 사회적인 위치나 수입 면에서 딕스가 그녀보다 한참 위에 있다.

그러니 날로 꿀꺽 삼키는 짓은 파렴치한 일이다.

이런 양심은 딕스에게도 있었다.

그리고 결정적으로 그녀를 초대한 이유는 차려진 식탁에 그냥 포크 하나 올리면 되기 때문이다.

오늘 그는 작은형 마크의 뒤를 봐주는 니코, 델, 벅, 빅을 초대했다.

어차피 여럿이 모여 먹으면 음식을 많이 시키게 되어 있고 그러다 보면 또 남게 된다.

남겨서 버릴 바엔 한 명 더 초대해서 잔반을 줄이는 게 현명한 일이다.

물론 디테는 겸사겸사 이루어진 초대임을 모른다.

"사양하지 않을게요. 딕스 님, 고마워요."

"그럼 이따 봐요. 디테 씨."

직장에서 사담을 나누면 눈치를 받게 마련.

그녀의 상관인 듯한 여자가 헛기침하는 것을 들은 딕스는 재빨리 은행으로 들어갔다.

\*        \*        \*

딕스에게 영원한 개차반 데일 데 페논.

올해 졸업반인 데일은 요즘 진로 문제로 깊은 고민에 빠져 있었다.

학업 성적도 그렇고 검술 실력도 형편없었기에 모두가 선망하는 자리는 그에겐 언감생심이었다.

연줄이라도 있다면 덥석 잡아보겠지만 그에겐 그런 것도 없었다.

아버지는 영지로 돌아와 경영 수업을 받으라고 하지만 데일은 그 촌구석에 내려가 살 생각은 눈곱만큼도 없었다.

'영지가 영지 같아야 내려갈 마음이 들지. 에잇! 아버지 돌아가심 팔아치우든가 해야지. 쳇.'

이런 놈을 아들자식이라고 마음 든든하게 여기는 토르네 데 페논이 참으로 가련타.

황혼을 머리에 이고 데일은 오늘도 유흥가를 향해 바삐 움직였다.

술과 계집에 빠진 자가 어찌 검을 알겠는가.

스윽.

후드로 얼굴을 가린 자가 데일의 앞길을 갑자기 막아섰다.

가뜩이나 꿀꿀한 기분에 길까지 막아서는 놈의 등장을 어찌 개차반 데일이 용서하겠는가.

그러나 이곳은 수도다. 페논에서처럼 제멋대로, 기분 내키는 대로 싸지를 수 없다.

데일은 상대의 의복부터 살폈다.

'얼굴은 왜 가리고 지랄이야! 흠, 로브는 고급이로군.'

만만하면 화풀이를 톡톡히 할 것이요. 아니다 싶으면 점잖게 대할 것이다.

수도에서 이 눈치 저 눈치 보다 보면 가끔 촌구석 제 영지가 내킬 때도 있다. 짧은 순간이긴 하지만.

"데일 데 페논인가?"

얼굴을 가린 로브인.

상대를 막 대할 것인지 아니면 점잖게 대할 것인지 갈피를 잡지 못한 상태에서 제 이름을 듣자 데일은 깜짝 놀란다.

두려움이 살짝 든 데일은 주변을 두리번거렸다.

사람들의 왕래가 많은 곳이다.

이 점에 그는 일단 안심했다. 완전 새가슴이다.

"뭐, 뭐냐?"

데일은 움츠리려든 어깨를 활짝 펼쳤다.

명색이 왕립 아카데미 기사학부생.

검술 실력이 동기에 비해 형편없다지만 놈 역시 일반 병사들 두세 명은 충분히 상대할 실력을 갖추고 있다.

검 손잡이를 잡아 보이는 것으로 상대에게 경고를 보내는 데일이다.

"묻는 말에 대답해라. 네놈이 데일 데 페논이 맞는지?"

위압적인 상대의 태도에 데일의 기세는 단숨에 꺾였다.

자신을 알고 찾아왔다면 자신보다 위에 있을 것이다.

검을 잡고 있던 손을 슬쩍 풀어버리는 데일.

"그, 그렇습니다. 한데 뉘신지?"

"따라와라."

"내가 왜 따라가야 하오."

데일이 당연히 따라올 것이라 생각하며 앞장섰던 후드의 남자는 자신의 눈치를 살피며 달아날 생각을 하는 데일의 태도에 한숨을 내쉬었다.

"흥, 연줄… 필요하지 않나? 무능한 욕심쟁이들에게 이보다 더 달콤한 제안은 없을 터인데."

"다, 당신 누구야? 누군데……."

"보리치 가문을 알 것이다."

자신의 말을 남자가 중간에 끊었지만 데일은 화나지 않았다.

방금 보리치 가문이란 말을 들었기 때문이다.

두근두근.

"서, 설마… 연줄이라는 게 보리치……."

"조용하고 따라와. 너에게 해될 일은 없으니까."

"근데 그 말을 어찌 믿소? 당신이 납치범이거나 아님 으슥한 곳으로 사람을 유인해서 금품을 갈취하는 도적일지 모르잖소."

후드 안 남자의 얼굴이 와락 일그러진다.

연줄은 필요한데 따라가기는 겁나고 도망가기는 또 뭔가 미진하다.

똥 싼 강아지처럼 어정쩡하게 서 있는 데일의 모습에 남자는 내심 한숨을 크게 내쉬었다.

귀족으로서의 자부심이라곤 눈 씻고 봐도 찾아낼 수 없는 한심한 인간.

'촌놈 귀족은 한심하고 촌놈 평민은 당당하니……. 휴우, 망조도 이런 망조가 없구나!'

남자는 내심 깊이 한탄한 뒤 데일에게 바짝 접근했다.

그러곤 후드를 살짝 들어 보인다.

이 남자를 의심하던 데일의 표정은 상대의 얼굴을 확인한 순간 단숨에 풀린다.

"고, 공자!"

# 제4장

사춘기를 맞이하다

DIX SAGA

평생 한두 번 찾아오기 힘든 무아지경을 경험한 지 몇 달이 흘렀다.

딕스는 그 계기를 통해 견습 마법사가 되어 물을 조종할 수 있는 능력을 얻게 되었다.

이 일은 굉장히 기쁘고 자랑스러운 일임에 분명하다.

다른 이들에게 이를 자랑할 수 없다는 것이 못내 섭섭하긴 하지만 소년은 그 덕분에 엘리자베스 공주와 많이 가까워졌기에 이를 손해라 여기지 않았다.

잔재주를 부려 돈을 버는 것보단 공주라는 인맥을 갖게 된 것이 미래를 위해 더 값진 일임을 알기 때문이다.

'바다를 컵 하나로 옮기는 기분이군. 휴우.'

파김치가 된 딕스는 대자로 뻗어 탁한 숨을 계속하여 쏟아내고 있었다.

이곳은 물의 재능자들이 수련하는 호숫가.

소년은 다른 이들보다 일찍 수련하고 또 늦게까지 이곳 수련장을 지켰다.

한창 뛰어놀 나이지만 분명한 목적의식이 있었기에 소년은 그러한 유혹을 과감히 뿌리치며 늘 자신을 담금질했다.

전력으로 질주하는 소년의 성실함과 끈기는 많은 이들의 귀감을 사고 있었다.

처음에 사람들은 다들 소년이 저러다 말겠지라는 생각을 가졌다.

하지만 지금 그러한 생각을 하는 사람들은 사라졌다.

꾸준한 딕스의 행동은 막막한 수련에 지쳐 한눈을 팔고 있던 재능자들의 마음을 흔들었다.

소년 덕분에 마법부는 다시 수련 열풍이 불고 있었다.

그러나 당사자인 소년은 이것을 알지 못했다.

자신의 코가 석자였기 때문이다.

마나 순환 수련법은 여섯 단계로 나뉜다.

동화, 지각, 순환, 축적, 형성, 확장의 단계가 있다.

딕스는 이 여섯 가지 과정 중 다섯 번째인 형성(완전 마력 문장)의 단계와 직면하고 있었다.

형성 단계를 넘는다면 견습을 떼고 바로 마법사로 불린다.

이 형성의 벽은 앞선 네 단계를 모두 합쳐도 상대가 되지 않을 만큼 몸서리치게 막강하다.

형성이란 단계는 모든 재능자에게 요원하게 다가온다.

딕스는 남들과 달리 놀라운 동화 단계를 완성했고 지각 단계도 완성했다.

소년이 경험한 지각 단계의 경우 순수한 물의 오메가 핵과 소년의 정신이 완벽하게 동화되는 기적 같은 상황이 일어났다.

이는 대륙 역사를 앞으로 뒤로 다 뒤져 보아도 전무후무한 일이다.

거기다 소년은 순환과 축적 과정에서도 남들은 감히 생각조차 하지 못하는 일들을 겪었다.

속된 말로 행운 몰빵 현상을 경험한 것이다.

소년이 여기서 좌절하지 않고 끝까지 노력하여 마지막 확장의 단계에 발을 디딜 수 있다면 세상은 가히 폭풍 같은 기세로 성장할 마법사를 보게 될 것이다.

4단계 축적은 의식에 마나의 저수지를 만들고 여기에 마나를 축적하는 일.

남들은 꿈도 꾸지 못할 행운의 버프를 수련 중에 무한대로 받아 엄청난 규모의 마나 저수지를 갖게 된 소년. 마나 재벌이라 불릴 만하다.

아무튼 이 덕분에 소년은 남들보다 더 오래, 더 많이 마력 문장 완성을 위한 노력을 기울일 수 있었다.

지쳐 널브러진 소년의 작은 몸을 그림자가 덮는다.

"누구?"

"고생이 많구나."

"고, 공주님."

자리에서 벌떡 일어난 딕스는 시녀 젤이 가져다준 간식 바구니를 덮고 있던 보자기를 황급히 펼쳐 바닥에 깔았다.

소년이 권한 조악한 자리에 공주는 사양하지 않고 앉았다.

자연의 내음을 가득 품은 바람이 때마침 불어왔다.

바람에 휘날리는 아름다운 여인의 머릿결이 햇살을 머금고 일렁이는 수면처럼 참으로 눈부시다.

고귀한 신분에 걸맞은 품성과 미모.

모든 걸 다 갖춘 이 아름다운 소녀는 단 하나로 인해 불행하다.

제국의 천재 마법사 클라우드 폰 야니스.

제 형, 라틴 폰 야니스가 겉으로 드러난 파락호라면 놈은 신사의 가면을 쓴 무자비한 폭군이다.

전날, 공주가 옷이 찢긴 채 이 호숫가로 피신하듯 온 것도 클라우드를 피해서였다.

"앉으렴."

"예!"

고위 귀족이라도 왕족과 나란히 앉는 경험은 흔치 않다.

아니, 없다고 봐야 한다.

그녀와의 나란한 동석은 영광이 아닐 수 없다.

딕스가 긴장하는 것은 너무도 당연하다.

그러나 겉으로 보인 소년은 담담했다.

그는 속을 감추는 법을 알고 있었다.

엘리자베스 공주는 친구가 없다.

그 신분 때문에 사람들이 진심으로 다가오지 않는다.

그녀의 경우와는 다르지만 딕스 역시 친구 하나 없이 자랐다.

이들의 공통점. 우정 결핍!

이러한 둘이 만나서 우정을 나누고 친구가 되었다.

난생처음 친구라 부를 수 있는 타인이 생겨 두 사람은 서로를 만나는 일을 기뻐했다.

물론 격식을 갖춘 친구 사이다.

"햇살이 참 좋구나."

봄의 향기를 듬뿍 들이마시는 엘리자베스 공주.

그녀의 흉부가 유난히 도드라진다.

두 개의 봉분이 소년의 눈을 확 잡아끈다.

참고로 딕스는 오늘 새벽, 첫 몽정을 경험했다.

비몽사몽간에 경험한 분출의 짜릿한 그 느낌은 뭐라 설명할 길이 없을 만큼 강렬하게 뇌리에 남아 있었다.

그러나 그건 잠시의 기쁨이었다.

소년은 그 새벽 증거 인멸을 위해 손수 제 속옷을 빡빡 문질러 빨았다.

문제는 세탁 후였다.

이 새벽에 젖은 속옷을 어찌 말린단 말인가.

그때, 번쩍하며 영감이 딕스의 뇌리를 방문했다.

물기를 옷에서 완전히 빼버리는 방법!

몇 번의 실패 끝에 그 일은 쉽게 성공했다.

그래서 딕스는 젤에게 젖은 속옷을 들키지 않았다.

이후 소년은 시녀 젤이 여자로 보이기 시작했다.

아니, 정확하게 말하면 여체에 대한 호기심이 급격히 왕성해졌다.

두근두근.

막 사춘기로 접어든 소년에게 공주의 저 봉분의 율동은… 소년의 정신과 혼을 쏙 빼놓는다.

딕스는 급히 고개를 돌렸다.

얼굴이 달아오르고 심장이 흉골을 부수고 튀어나올 것 같았다.

이를 들킬까 봐 소년은 그녀의 그림자를 보는 것도 두려워했다.

'뭐지, 이거? 나 미치려는 건가?

수련에 너무 매진해서 이런 게 아닐까 싶다.

자신을 뒤돌아볼 시간을 가져야 하는 게 아닐까라는 생각이 문득 든다.

수련과 가족 걱정하느라 자신에 대해서는 아무것도 생각하지 않았다.

가족이 소중한 만큼 자신도 소중하지 않는가!

단 하루라도 좋으니 스스로에 대한 채찍질을 멈추고 잠시 휴식을 가져야 하지 않을까? 딕스는 자신의 휴가를 신중하게 고려했다.

"무슨 생각 하니?"

고개를 숙인 채 몸을 떨고 있는 딕스.

이를 본 공주는 고운 얼굴에 걱정과 염려를 드러냈다.

그러더니 곧 연체동물처럼 팔을 뻗어 소년의 어깨에 손을 얹었다.

공주는 딕스가 수련에 지쳐서 이런다고 생각했다.

그래서 현재의 소년에겐 만행이라 불릴 만한 짓을 저지르고야 말았다.

"괘, 괜찮습니다."

"어멋! 얼굴이 홍시처럼 빨개. 이리와 봐."

공주는 제 손을 소년의 이마에 대고 자신의 이마를 대며 서로의 체온을 비교했다.

그 순간, 아랫배에 폭풍 같은 입질이 오는 딕스다.

"열이 있어!"

왜 열이 안 나겠는가.

옆에서 계속 불을 지피고 있는데.

"햇살이 너무 따가워서 그런가 봐요. 공주님. 헤헤."

난감하다.

불편하다.

당혹스럽다.

이 자리를 피하고 싶다.

그녀의 냄새가, 친구의 냄새가 소년을 미치게 한다.

짝짝!

딕스는 박수를 치며 벌떡 일어났다.

그러곤 호수를 향해 달음박질하더니 급히 세수를 했다.

내부에서 솟구치는 불길을 잠재우기 위한 필사적인 노력이다.

소년의 돌발적인 행동은 엘리자베스 공주를 의아하게 만들었다.

하지만 곧 딕스의 그 모습이 자유롭고 재밌어 보였는지 같이 저 호수에 뛰어들어 놀고 싶다는 생각을 했다.

'왕족이란 거… 때론 너무 거추장스럽구나.'

그녀는 빙그레 웃으며 천진난만(?)하게 물장난을 치는 소년을 무릎에 턱을 괴며 지켜보았다.

놀라운 성장을 보여준 재능자이기 이전에 놀이가 좋은 남자아이.

그 모습이 참 귀엽고 사랑스럽게 공주의 눈에 비친다.

실은 그 속에 짐승이 울부짖고 있음인데.

"그러다 감기 들겠다. 그만 나오렴. 후후."

난감한 딕스.

자신이 왜 이 괴상한 짓거리를 하는지 안다면 절대 그 말을 못할 텐데.

소년은 한숨을 푹푹 내쉬며 호수 밖으로 나왔다.

그러곤 최근에 익힌 잡술! 빨래 건조를 펼쳤다.

옷감에 스며든 물이 밖으로 나온다.

햇살을 받아 반짝이는 물방울이 그의 주변을 빼곡하게 채웠다.

여기서 또 영감을 얻는 딕스다.

'기억, 기억해 두자.'

소년을 둘러싼 빛나는 물방울, 그 모습에 엘리자베스 공주는 깜짝 놀란다.

"아! 멋져!"

이 기술의 탄생 배경을 그녀가 안다면 아마 이런 소리는 하지 못할 것이다.

딕스는 쓴웃음을 지으며 잠시 동안 그녀의 말동무를 해주었다.

'며칠 지나면 괜찮아지겠지.'

며칠로… 될까?

＊　　　　＊　　　　＊

최근 들어 딕스는 굉장히 예민해졌다.

평소 대수롭지 않게 생각했던 것들이 소년의 신경을 자극했고 조그만 일에도 자신만 손해 보는 것 같은 분한 마음이 수시로 들었다.

또한 내부에서 무언가가 부글부글 끓어올라 분출하고 싶다는 느낌을 받았다.

하지만 이 모든 걸 소년은 참고 억누르기만 했다.

소년은 이 현상을 가벼운 감기 같은 병으로 생각했다.

그런데 이 현상을 단순한 감기로 넘길 수 없는 문제가 있었다.

'여자가 너무 많잖아!'

그렇다. 여자들. 마법부엔 여자가 너무 많다.

그것도 젊고 아름다운 여자.

전엔 별생각 없이 봤던 그 여자들이 소년에게 갑자기 부각되기 시작했다.

"딕스 님!"

햇살을 잔뜩 머금은 무르익은 여체가 저기서 손을 흔들며 다가온다.

오늘따라 수련에 대한 흥미와 투지가 생기지 않아 넋 놓고 호수만 바라보고 있던 딕스였다.

반사적으로 고개를 돌린 소년은 눈살을 찌푸렸다.

어제 갑자기 몸에 열이 났다.

그래서 일찍 숙소로 들어갔는데 마침 젤이 방 청소를 하고 있었다.

그것도 엎드려서 하는 걸레질을.

'걸레질이… 너무 야해.'

그녀의 둔부가 살랑살랑 흔들릴 때마다 소년의 마음도 그것에 맞춰 움직였다.

눈을 뗄 수 없었다.

엉덩이는 그녀만 있는 것도 아닌데 그 엉덩이가 너무 매력적이었다.

황금알을 낳는 오리 궁둥이도 아닌데 젤의 엉덩이를 갖고 싶다는 망상을 했다.

젤은 지금 딕스의 눈에 거대한 엉덩이로 보이고 있었다.

엉덩이가 말을 한다.

엉덩이가 간식 바구니를 들고 이리로 온다.

그러고 보니 아까부터 하늘의 구름도 다 엉덩이 모양이었다.

'아무래도… 몸에 이상이 생긴 게 틀림없어! 어떡하지? 나 어떡하지……'

소년은 급 우울해졌다.

이 일을 어디 가서 상의한단 말인가!

오줌이 나와야 할 고추에서 매일 밤 이상한 걸 분출한다.

덕분에 속옷 빨래의 달인이 되기 일보 직전인 딕스였다.

"와, 왔어."

"오늘은 주방에 부탁해서 바삭바삭한 꿀 빵을 만들어 왔어요."

평소라면 흡족한 미소를 연방 터뜨려야 할 딕스다.

하지만 오늘은 바삭바삭 맛 좋은 꿀 빵에도 그 표정에 드리워진 그늘이 전혀 사라지지 않는다.

젤은 걱정스러운 표정으로 딕스를 보았다.

소년을 위해 무언가 해주고 싶은 마음은 하늘을 채울 만큼 크다.

가진 게 없다 보니 그녀가 소년에게 해줄 수 있는 건 거의 없었다.

물론 이는 그녀의 생각이지 실제로는 젤 역시 딕스에게 적지 않은 도움을 주고 있었다.

"고마워. 젤."

평소였다면 딕스의 수련을 방해하지 않기 위해 바구니만 주고 냉큼 자리를 피해줬을 젤이다.

축 처져 있는 소년을 보지 않았다면.

"잠시 옆에 앉아도 될까요? 딕스 님."

"아… 앉, 앉아."

소년의 가슴이 또 설렘으로 뛰기 시작했다.

이제 이 현상에 신경질까지 나는 딕스다.

"오늘 벚꽃 축제 개막일인데 구경 가지 않을래요?"

사람들이 많은 곳에 가기 꺼려진다.

세상의 반은 여자가 아닌가! 여자만 보면 자꾸 이상한 기분에 빠져든다.

일단 옆에 있는 젤도 마찬가지다.

특히 그녀가 제일 요주의 인물이다.

이런 소년에게 젤의 제안은 고문이나 진배없다.

"가고 싶긴 한데 오늘은 가볼 데가 있어서."

소년은 곰곰이 생각했다.

지금의 이 현상에 대해서. 그래서 소년은 조언을 구하기로 결정을 내렸다.

예전, 어렴풋한 기억에 둘째 형 마크가 새벽에 빨래하는 것을 본 것 같았다.

마크 형은 절대 제 손으로 빨래할 사람이 아니다.

그런 형이 제 손으로 빨래를… 그것도 새벽에 했었다.

그때는 몰랐지만 지금은 이유를 알게 된 딕스다.

'이건… 유전병일까?'

아버지와 큰형이 빨래하는 걸 보지 못했으니 이 병은 작은형과 자신만 해당되는 병일 수 있다.

그러니 자신보다 먼저 이 병에 걸렸던 형을 만나 처방전을 받아야 한다.

마음이 급해진 딕스는 그 길로 곧장 마크를 찾아갔다.

\*　　　\*　　　\*

온 도시가 들떠 있다.

벚꽃 축제 개막일이 오늘이기 때문이다.

봄이면 늘 피는 게 저 꽃나무다. 그런데 그걸 가지고 사람들은 난리 법석을 떤다.

꽃이 폈다고 축제를 벌이는 도시인들.

시골 출신인 딕스로서는 이해하기 힘든 난해한 문화였다.

'길 되게 막히네.'

마차는 달리는 시간보다 멈춰서 대기하는 시간이 더 많았다.

중심가를 벗어날 때까지는 계속 이러리라.

그때까지 마차 요금은 계속 올라간다.

쓸데없는 지출이 아깝긴 하지만 오늘만큼은 돈에 연연할 정신도, 여력도 없는 소년이다.

"안색이 많이 안 좋아 보이는군요. 괜찮습니까?"

맞은편에 앉아 있던 기사 알프레가 걱정이 된 듯 물어온다.

재능자 전담 경호 부서 소속의 기사 알프레, 그리고 그의 단짝 드론.

외출 시 딕스는 두 사람을 자주 애용했고 그 덕에 두 사람과 많이 친해졌다.

"어제 잠을 좀 설쳐서요. 괜찮습니다. 알프레 경."

딕스는 의젓하게 대답하며 부드럽게 웃어주었다.

자신의 상태를 누군가에게 발설하는 게 몹시 부끄러운 소년이다.

때문에 최대한 자신의 상황을 남들이 몰라주었으면 하고 바랐다.

평소였다면 이런저런 대화를 나누었을 테지만 지금은 그럴 기분이 아니라 내내 침묵했다.

이 점이 두 사람에게 걱정을 안겨주었다.

"흠, 캐넌 경… 때문입니까?"

마법부와 밀접한 연관을 맺고 있는 곳이 경호 부서다.

그렇다 보니 딕스와 캐넌의 사건 내막을 자세히 알고 있었다.

경호 부서 소속의 기사들은 모두 딕스의 편이다.

그 이유는 평소 캐넌이 이들을 대놓고 무시하는 경향이 뚜렷했기 때문이다.

사실 기사라고 다 같은 기사가 아니다.

진정으로 인정받는 기사는 오러를 사용하는 소드익스퍼트를 말함이다.

경호 부서에 근무하는 자들은 엄밀히 말하면 견습 기사라고 봐야 한다.

딕스의 아버지 역시 이 범주에 들어간다.

그럼에도 견습 기사인 이들이 기사라는 호칭으로 불릴 수 있는 이유는 국방력의 기준을 기사의 숫자로 잡고 있는 대륙의 전통 때문이다.

참고로 마법사는 전쟁 억지력을 지닌 전략무기로 분류된다.

"아니에요."

"딕스 님."

"예?"

"언제든 제가 필요하시다면 말씀해 주세요. 최선을 다해 도와드리겠습니다."

알프레의 진심에 딕스는 깜짝 놀랐다.

설마 그가 이런 말을 할 줄은 생각 못했기 때문이다.

"저도 도와드리겠습니다. 딕스 님."

드론도 거들고 나섰다.

울적했던 딕스는 두 사람의 응원에 기분이 한결 나아졌다.

자신의 노력이 과연 헛되지 않았음을 오늘 또 확인했다.

이것이 추수하는 농부의 심정이리라.

"고마워요. 두 분."

중심가를 벗어난 마차는 다시 속도를 내기 시작했다.

한 시간 후, 하사관 양성소.

면회 신청서를 작성한 딕스는 면회실로 작은형이 오기만을 기다렸다.

출입구를 여는 소리와 함께 누군가 주변을 두리번거렸다.

면회실 관리자에게 곧장 걸어간 남자는 그와 몇 마디 말을 나눈 뒤 딕스를 향해 걸어왔다.

알프레와 드론이 이 남자를 예의 주시한다.

"실례지만, 마크를 찾아오셨습니까?"

"그런데요. 뉘신지?"

"전 마크의 룸메이트 콜벳이라고 합니다."

"아, 예, 반갑습니다. 전 마크 형의 동생 딕스라고 합니다. 그런데 콜벳 씨가 왜?"

동기의 동생이기 이전에 상대는 준귀족인 재능자다.

이렇다 보니 딕스를 대하는 콜벳의 태도는 자연 정중할 수밖에 없었다.

여기다 자신을 쏘아보는 알프레와 드론의 시선도 부담으로 작용했다.

"마크는 외출증을 끊고 나갔습니다."

"형이요? 왜?"

딕스는 콜벳이 주저하는 것을 보았다.

저 태도로 볼 때 마크 형이 누군가의 우려를 사는 행동을 하고 있다는 뜻이다.

자신의 문제를 해결하기 위해 온 딕스는 새로운 골칫거리와 직면하고 말았다.

콜벳에게 자리를 권한 딕스는 마크의 근황에 대해 물었다.

상대는 즉답을 회피했다.

아무래도 동기의 사생활에 대해서 말하는 게 꺼려지는 듯했다.

하지만 여기서 물러설 딕스가 아니었다.

한참을 설득한 끝에 딕스는 콜벳의 입에서 마크의 근황을 알아낼 수 있었다.

'이게 미쳤나!'

딕스는 열이 뻗쳐 올라왔다.

양성소 생활이 힘들다기에 몸이 축날 것을 걱정해 좋은 음식 달마다 먹여주고, 기죽지 말라고 용돈까지 넉넉하게 쥐어주었다.

이것도 모자라 양성소 생활 편하게 하라고 로비까지 해가며 뒤치다꺼리 해줬더니 여자에 미쳐 훈련도 등한시하고 날마다 외출증 끊고 나간단다.

빠드득.

감사의 인사를 콜벳에게 한 뒤 딕스는 곧장 마도의 탑으로 향했다.

작은형의 혼을 앗아가 버린 여자.

그 여자를 소개해 준 사람이 바로 자신이다.

그 여자의 이름은 디테, 마도의 탑 정문에서 안내인으로 일하는 여자다.

'지보다 다섯 살이나 많은 여자한테 뻑이 가다니! 우와, 이거 빡치네.'

"아저씨! 빨리 좀 달려요!"

마부를 닦달하는 딕스의 목소리가 화산처럼 뜨겁다.

*　　*　　*

"반갑습니다, 고객님. 카라힐 마도의 탑에 오신 걸 환영합니다."

하루 종일 웃으며 이러한 멘트를 한다.

퇴근 시간이 되면 안면에 경련이 일어난다.

허리와 다리는 바늘로 찌르는 것처럼 늘 아프다.

남들은 쉽게 돈 번다고 하지만 이 일, 생각처럼 만만치 않다.

가끔 엉큼한 남자들의 희롱도 감당해야 한다.

분하지만 발끈할 수도 없다.

고객은 왕이기 때문이다.

그래서 속으로 삭여야 한다.

이제 퇴근 시간.

직장인이라면 누구나 이 시간을 반긴다.

최근 들어 디테는 이 시간이 전처럼 그리 반갑지가 않았다.

자신을 졸졸 따라다니는 한 꼬맹이 때문이다.

"누, 누나 힘드시죠. 이거 드세요."

귀엽고 상냥한 어린 고객의 형이라는 소년.

"또 너로구나. 내가 몇 번을 말해야 하니!"

오지 말라고 했다.

입에 침이 마르도록 그렇게 말했다.

좋은 말로 달래보기도 했고 짜증도 내보았다.

그런데 이 찰거머리 같은 녀석은 자신의 말을 귓등으로 듣는지 여전히 찾아온다.

"누날 하루라도 안 보면 미칠 것 같은데 어째요!"

어린놈이 저돌적이다.

십 대라서 그런가? 아니면 천성이 저런가.

디테의 입에선 연방 한숨만 푹푹 나온다.

상대가 성년이면 만나줄 용의는 있다.

하지만 그녀에겐 열다섯 살짜리를 만나고 싶은 마음이 없었다.

"마크야, 나 스무 살이야."

"나이가 무슨 상관이죠? 난 남자고 누난 여자잖아요. 그냥 그것만 생각하면 안 돼요? 사랑에 나이가 무슨 장벽이 되나요?"

이런 대책 없는 놈을 어쩌란 말인가.

행인들이 웃으며 남녀를 보았다.

몇몇 사람은 저돌적으로 고백하는 어린 남자의 용기에 박수갈채를 보내며 응원하기도 한다.

"와아~! 멋있다!"

"어린 친구가 화끈하군. 하하하."

남의 일이라고 너무하는군! 디테는 기가 차서 응원하는 자들을 노려본다.

대체 이 핏덩이를 어찌한단 말인가.

"마크, 내 말 잘 들어."

"제 모든 건 언제나 누날 향해 열려 있어요. 말하세요."

"끙, 나 좋아하는 사람 있어. 사귀는 사람 있다고."

"알아요. 들었어요."

"그럼 네가 이러면 안 되잖아. 더욱이 그 사람은 너의 선배야."

디테가 사귀는 남자는 하사관 양성소를 졸업한 뒤 국경에 배치되어 근무 중이다.

일 년에 한두 번 겨우 보는 두 사람.

하지만 서로를 향한 마음만은 뜨문뜨문하지 않았다.

견고한 철벽.

마크는 지금 그 벽을 향해 자신을 던지고 있었다.

사랑의 열병을 앓는 소년은 경주마처럼 앞만 본다.

그런데 이 현장에 열병을 앓는 이 소년의 동생이 등장했다.

'남세스럽게 저게 지금 미쳤나!'

보았다. 디테 씨를 향한 마크 형의 맹목적이고 저돌적인 고백을.

딕스는 민망한 표정으로 알프레와 드론을 보았다.

두 사람은 마크를 보며 빙그레 웃고 있었다.

저들은 저것을 로맨스로 보나 보다.

소년의 눈에 저것은… 지랄병으로 보인다.

"두 분께 부탁이 있는데요……. 저 인간 좀 끌고 와주실래요."

저 미쳐 날뛰는 망아지를 힘으로 제압할 수는 없다.

그러니 도움을 받을 수밖에.

알프레와 드론은 딕스의 부탁을 거절하지 않았다.

\*　　　\*　　　\*

딕스는 마크를 데리고 인적이 뜸한 공원에 도착했다.

마크를 향한 딕스의 표정은 한 대 쥐어박고 싶다는 기색이 역력하다.

하지만 그럴 수는 없다. 싸우면 필패니까.

"형, 미쳤지?"

"끙."

"그 앓는 소리는 스스로 미친 걸 인정한다는 거야? 그렇다면 완전히 미친 건 아니라는 말이군."

한기를 풀풀 날리며 쏘아붙이는 딕스.

자신에게 닥친 괴상한 병에 대한 처방전을 구하러 왔더니 형이란 인간이 오히려 혹을 붙여준다.

평생에 도움이 안 되는 이 인간을 대체 어쩌면 좋단 말인가.

"말이 심하다, 막내야. 그보다 무슨 일이냐?"

"디테 씨에게 치근대지 마."

"치근댄 게 아니야. 고백한 거지."

"차였잖아. 그럼 남자답게 돌아서야 하는 거 아냐?"

"안 차였어."

마크의 말에 딕스는 황당함을 금치 못했다.

디테를 만나 이야기를 나누었다.

자신이 대화를 나눈 이가 다른 이도 아닌 고백을 받았던 당사자다.

그 당사자가 열정만 앞선 저돌적인 꼬맹이 좀 떼어내 달라고 간곡히 부탁했다.

"디테 씨가 형보고 뭐라고 했는지 알아?"

"관심 없어. 다 아니까."

딕스는 말문이 막혔다.

상대의 기분과 사정을 고려하지 않고 제 감정만 충실하다? 이건 폭력이다.

이런 형이 절대 아닌데 어쩌다 이 지경이 되었을까? 화도 나고 한편으론 걱정스럽다.

하지만 옹호할 수 없다. 아닌 건 아니니까.

"그런데도 그랬단 말이지."

"그래야 내가 살 수 있으니까."

"뭐?"

이건 어느 나라 뚱딴지란 말인가? 아니, 고백해야 자신이 산다니. 뭐, 그런 말도 안 되는 병이 있냐고 버럭 하고 싶었지만 딕스는 그러질 못했다.

그 자신도 이해할 수 없는 병에 걸려 있었으니까.

"디테 누나에게 미안한 건 알아. 내가 그녀를 곤란하게 하고 있다는 것도 알아. 하지만 그녀를 보지 못하면 여기가 아파서 도저히 참을 수 없었어."

분한 표정으로 이리 말하며 제 가슴을 부술 듯 퍽퍽 쳐대는 마크다.

기억 하나가 딕스의 뇌리에서 불쑥 떠오른다.

한때 딕스가 짝사랑했던 소녀가 있었다.

그녀의 이름은 릴리.

하지만 그 계집애는 소년을 못살게 굴던 패거리와 작당해서 평생 씻을 수 없는 마음의 상처를 그에게 입혔다.

그때 소년은 깨달았다.

여자에게 마음 전부를 주어서는 안 된다는 것을.

'그땐… 나도 참 순수했었지.'

이 병은 자신의 경험으로 비추어 볼 때 여자에게 모질게 배신당해야 낫는다.

자신의 병에 대해서 상담하러 왔다가 오히려 처방전을 내줘야 하다니 이런 민폐형 인간은 집안에 꼭 하나씩 있다.

하긴 누나 시집보내려고 엄마가 검소하게 생활하며 한 푼 두 푼 모아둔 돈을 갖고 나른 인간이다.

그런 인간을 형이랍시고 챙겨주었다.

생각해 보니 형이 미친 게 아니라, 자신이…….

'어차피 이 인간은 죽지도 않았잖아!'

생각해 보니 그렇다.

아버지, 엄마, 큰형, 누나, 자신만 죽었지 둘째 형은 잘 먹고 잘살았을 게 분명하다.

그렇게 생각하니 이 인간에게 잘해줄 필요가 없다는 생각이 문득 든다.

'몸 힘들고 배고파 봐야 정신 차리겠지. 형, 형이 원한 거다. 그러니까 내 원망은 말아.'

처방전 받으러 왔다가 오히려 처방전을 써주는 딕스다.

마크는 알까? 자신의 봄날이 올해로써 끝이라는 것을.

"그럼, 할 수 없지. 알았어."

"딕스, 이해해 주는 거니?"

"그래, 이해해. 어쨌든 오늘은 돌아가. 내일부터 좋은 일

있을 거야. 내가 약.속.할.게."

그러고 보니 어릴 때 저 인간에게 당한 게 한두 가지가 아니다.

이 머리통은 저 손의 샌드백이요. 이 몸뚱이는 저 주둥이의 하인이었다.

갑자기 열이 뻗친다.

몇 년 진짜 눈알 핑핑 돌아가게 고생하다 보면 좀 더 성숙한 인간이 되겠지.

"고마워, 역시 넌 내 동생이다. 하하하하하."

"하하하하, 형이 웃으니 나도 기분이 좋아지네. 나, 형 열심히 도와줄게."

"그래, 그래. 정말 고맙다. 내 죽어도 네 은혜 안 잊는다. 하하하하하."

"하하하하하, 잊어도 돼. 우리가 남도 아닌데. 하하하하하."

"그렇게 말하면 잊어줄게. 하하하하."

이런 이기적인 형님을 보았나.

"하하하하하. 형, 참말로 쿨하네. 하하하하하하."

"하하하하, 내가 좀 그래. 하하하하하하."

그래, 그래. 지금 실컷 웃어라.

아마 내일부터 그 웃음이 곡소리로 바뀔 테니까.

가뜩이나 심란하고 예민한데 형이란 인간이 뒤통수를 치

다니! 형제지만 용서는 없다.

활짝 웃는 낯으로 마크에게 행운을 빌어주고 헤어진 딕스
는 그길로 곧장 니코, 델, 벅, 빅을 차례로 찾아갔다.

그리고 이들에게 부탁했다.

둘째 형이 죽지 않을 만큼 혹독한 훈련을 받게 해달라고.
다들 놀랐지만 소년의 부탁을 거절하지는 않았다.

훗날, 딕스의 이 결정은 마크에게 복으로 작용한다.


그렇게 깔끔하게 둘째 형의 일을 마무리하고 딕스는 마법
부로 돌아왔다.

우울했던 마음이 조금 풀렸다.

자신의 따뜻한 가족애가 병을 완화시킨 게 아닐까 싶다.

"왜 이리 한산해?"

오늘따라 유독 사람들이 보이지 않는다.

이상했지만 자신이 신경 쓸 바가 아니라고 생각하고 저녁
을 먹기 위해 구내식당을 찾아갔다.

식당이 텅 비어 있다.

꼬르륵.

배에서 식충이 운다.

배고프면 잠도 안 오는데 걱정이다.

먹을 게 있나 싶어 주방 안으로 머리를 디밀어 살펴보지만
풀떼기 하나 안 보인다.

오늘은 굶을 팔자인가 보다.

탄식과 함께 딕스는 곧장 숙소로 올라가 깨끗이 몸을 씻고 속옷도 새로 갈아입었다.

그러곤 힘없이 침대에 눕는다. 새벽에 또 속옷 빨래하는 사태가 발생하면…….

모르겠다. 될 대로 되라지.

꼬르륵.

'젠장.'

배를 압착하면 배고픔이 줄어들까 싶어 손으로 눌러본다.

아플 때까지 누르다보니 배고픔이 없어진 것 같아 손을 뗀다.

무심결에 손을 내리다 거기를 쳐 버렸다.

거기가 충만해진다.

느낌이 묘하다.

그리고 심장이 몹시 빨리 뛴다.

여기에 환상까지 보인다.

걸레질하던 젤의 씰룩이던 뒤태가 저기… 있다?

환영상(?)에 홀린 소년은 무언가에 홀리기라도 한 듯 바지 속으로 손을 넣었다.

그리고 자의로 처음으로 뿜어 올렸다.

하고 난 뒤 소년은 깜짝 놀랐다.

드디어 자신이 미쳐간다고 생각했다.

하지만 이 행위가…….

머엉~

소년은 그렇게 무심결에 생애 첫 자위를 성공적으로 완수했다.

그 덕분인지 소년은 새벽에 제 속옷을 빠는 일이 없어졌다.

이 일로 소년은 깨달았다.

사람들이 매일 한 번 젖소의 젖을 짜는 그 이유를.

# 제5장

기연

거울 속 자신의 이마에 낙인처럼 찍힌 오메가를 보며 딕스
는 그 속의 자신을 쓰다듬었다.

이곳은 공국의 수도, 그리고 그 수도의 중심인 왕궁.

고향에선 평생 한두 번 볼까 말까 한 귀족들이 여기엔 들에
난 잡초처럼 수두룩하다.

삼생에 걸쳐 덕을 쌓아야 볼 수 있다던, 누가 이 말을 했는
지는 몰라도 그만큼 보기 힘들다고 알려진 왕족도 자주는 아
니지만 가끔 본다.

아니, 보는 정도가 아니라 그중 한 명과는 우정에 가까운
교류까지 나누고 있다.

출세도 이만하면 엄청난 출세다.

그러나 이건 자신이 마음대로 행사할 수 있는 출세가 아니다.

남의 손에 쥐어진 칼자루이자 그들만의 빵이다.

그 빵을 자신이 먹어치우기 위해서는 지금의 이 재능자의 허물을 벗고 마법사가 되어야 한다.

그래야만 예지몽 이후 그림자처럼 따라붙고 있는 조바심과 두려움으로부터 완전한 해방을 맛볼 수 있을 것이다.

딕스는 그래서 오늘도 자신에게 암시를 건다.

고향에서 다짐했던 그 맹세를 늘 그랬듯 되새긴다.

'반드시 마법사가 되서 아버지와 엄마, 누나, 큰형을 지킬게요. 맹세합니다.'

웃고 싶은 마음은 전혀 없지만 소년은 오늘도 어제처럼 웃는다.

가족을 지키기 위한 최선책은 자신이 마법사가 되어 가족의 든든한 울타리가 되는 것이다.

굉장히 명료하며 확실한 방법이지만 몹시 어렵다.

그래서 차선책을 생각했고 이를 위해 그는 매일같이 이 악물고 노력했다.

죽을 정도로 이를 악문 것은 아니고 고향에서 자신을 괴롭히던 패거리들을 속여 골탕 먹이던 그때의 그 연기력을 이곳에서도 십분 발휘했다.

한마디로 '이놈은 알아두면 내 인생에 반드시 도움이 되겠군!' 이란 마음을 사람들이 가지도록 노력했다.

그런 고난이도의 심리전은 현재까지는 잘 먹히고 있었다.

캐넌 드 보리치, 그 한 놈을 제외하고.

'휴우.'

딕스의 입에서 저도 모르게 한숨이 흘러나온다.

자신이 구축한 이미지를 확실히 굳히기 위해 젤에게 터무니없을 만큼 선심 투자를 했다.

그 투자 덕분에 천사표 소년 딕스로 왕궁 내에서 불리게 되었다.

그리고 '딕스의 결투' 라 불리고 있는 식당에서의 그 사건 이후, '용감한 소년' 이란 나쁘지 않은 수식어도 붙었다.

그때부터 자신을 지켜보며 간을 보던 자들이 열렬한 추종자가 되어주었다.

이것이 현재 소년이 갖고 있는 최고의 무기이자 자산이다.

세상은 소년이 알고 있는 것보다 복잡하고 거대하며 신기한 것투성이다.

페논이란 우물 안 개구리였던 소년이 무방비 상태로 거대한 바다로 나왔다.

말라죽지 않기 위해서 소년은 자신만의 우물을 여기 이 바다에 만들 수밖에 없었다.

그렇게 만들어진 우물.

현재까지 그 우물을 침범하려는 의도를 보인 유일한 놈, 캐
넌 드 보리치.

소년을 압도하는 전력을 가진 적이다.

소년은 자신이 구축한 이미지냐, 놈의 용서냐! 이 두 가지
문제를 놓고 사실 크게 고민했었다.

무릎 한번 멋지게 꿇어줄 용의가 소년에겐 얼마든지 있었
다.

열세 살 촌놈 꼬맹이의 무릎은 결코 비싸지 않다.

캐넌이 큰형을 연루시키지 않았다면 소년은 자신의 이미
지를 최대한 훼손시키지 않는 범위 내에서 그렇게 했을 것이
다.

'망할 놈, 좀만 더 기다려 주지. 크흑.'

이제 캐넌과는 평행선을 달려야 한다.

놈과는 더 이상 타협점이 있을 수 없다.

가면을 쓰고 살아가지만 그래도 자신은 남자다.

그 깨알 같은 남자의 자존심만큼은 꼭 지키고 싶었다.

딕스는 오늘도 자신을 무장시킨다.

그 속은 두려움과 조바심으로 언제나 덜덜 떨리고 있지만.


딸각.

"좋은 아침이에요."

좋은 아침은 개뿔, 졸려 죽겠다.

하지만 부지런하고 겸손한 시골 아이는 절대 음침하고 우울하고 짜증스럽고 괴팍한 느낌을 주어서는 아니 된다.

직업의식으로 똘똘 뭉친 광대처럼 친근하게 오늘도 웃으며 산다.

'아… 젤……'

저기서 젤이 걸어온다.

마법부 소속 시녀 중에서도 그녀의 미모는 세 손가락 안에 든다.

재능자는 자신에게 배정된 시녀를 취할 수 있다.

소년 역시 마음만 먹으면 가능하다.

하지만 그렇게 할 수 없다.

자신이 구축한 이미지를 지키기 위해서.

'내가 성인이었다면……'

미성년자는 장점만큼이나 단점도 많았다.

그중 하나가 요즘 가장 참기 힘든 이 불같은 성에 대한 호기심이다.

여자의 가슴은 어찌 생겼을까? 애기가 나오는 여자들의 거긴 또 어떻게 생겼을까? 등등.

요즘 들어 그 부위(?)들을 상상하는 시간이 많아졌다.

이건 가족을 지키겠다던 뜨거운 맹세와는 별도로 이루어지는 소년으로서도 어쩔 수 없는 현상이었다.

"딕스 님, 편히 주무셨어요?"

늘 한결같은 젤의 인사에 딕스는 어색하게 대답한다.

도저히 그녀의 눈을 마주볼 수 없다.

상상이지만 걸레질하는 그녀의 뒤태를 보고… 그랬으니까.

"그, 제… 젤 왔어? 바, 밥은?"

순수한 부끄러움이 소년의 견고한 마인드를 휘저었다.

어찌 손써볼 틈도 주지 않고.

"몸이 불편하세요?"

"아니, 괘… 괜찮아."

죄책감에 그만 말이 절로 더듬어진다.

젤은 상상도 못할 것이다.

저 의롭고 친절한 소년이 실은 자신의 걸레질하던 뒤태를 머리에 각인하여 매일 그 짓을 하는 걸 말이다.

그녀가 그 일을 알았다면? 소년은 남자가 되지 않았을까 싶다.

"무리는 하지 마세요. 딕스 님."

하루도 쉬지 않고 수련하는 재능자는 마법부에서 딕스가 유일하다.

사람들은 그의 성실함을 대단히 높게 평가하고 있었다.

딕스가 의도한 바가 제대로 먹힌 것이다.

아니, 의도하기 이전에 온전히 마법사가 되고 싶은 그의 열망과 목적의식이 더 컸으니 이건 그의 의도와 무관하게 사람들에게 인식된 것이라 볼 수 있다.

문제는 이것이 탑이 되었다는 것이다.

이 탑을 지키기 위해서라도 필사적으로 하루 일과를 꾸려 가야 한다.

"그, 그래. 나 수련장에 갈게."

"참, 딕스 님."

서둘러 그녀를 스쳐 지나가던 딕스는 그녀의 부름에 몸이 경직됐다.

부자연스러운 동작으로 몸을 돌려 젤을 향해 얼굴을 든다.

계속 바보처럼 이럴 수 없기에 그녀에게 무뎌지려고 스스로를 채찍질하는 딕스다.

하지만 그 눈은 사팔뜨기처럼 다른 곳으로 향한다.

어쩔 수 없는 현상이다.

젤은 이를 자신의 걱정을 들어주기 위한 소년의 공연(?)으로 여겼다.

친절하고 상냥하고 용감한 나의 어린 왕자님!

젤의 내부에서 딕스를 향한 무한한 애정이 샘솟는다.

"부, 불렀어?"

"예, 저 편지가 왔어요."

젤이 건네준 편지를 받는 중에 그녀와 손끝이 닿았다.

콰콰콰콰콰— 쾅쾅!

전에는 아무렇지도 않았다.

한데 지금은…….

심장이 뚝 멈출 만큼 충격적이다.

정신이 반쯤 나간 딕스는 그녀에게 대충 인사를 한 뒤 황급히 수련장으로 도망쳤다.

재능자의 관복이 로브처럼 풍성하지 않았다면 커진 아랫도리로 인해 모두의 웃음거리가 되었을 터였다.

정신없이 달려 도착한 자신만의 은밀한 수련장.

여러 번의 심호흡을 통해 딕스는 겨우 진정할 수 있었다.

부스럭부스럭.

젤에게서 받은 편지가 생각난 딕스는 봉투를 찢고 그 속의 종이를 펼쳐 들었다.

딕스 보아라.

내 일이 있어 고향에 갔다 와야 할 것 같구나. 갔다 와서 이야기해 줄 테니 당분간 날 찾지 말거라. 그럼 다녀와서 보자꾸나.

큰형 테일.

고향? 큰형이 고향에 내려가? 딕스는 몹시 혼란스러웠다.

꿈속에서 딕스는 열아홉 살의 자신을 마치 연극을 관람하는 관객의 입장에서 볼 수 있었다.

짧은 순간이었지만 꿈속의 자신이 그 순간에 생각하고 느끼는 감각과 감정을 설핏 느껴보기도 했다.

하지만 그건 말 그대로 잠깐에 불과했다.

그 잠깐의 이입 과정을 통해 소년은 몇 가지 미래를 희미하게나마 뇌리에 담을 수 있었다.

그 미래란 것도 소년 자신과 가족에게만 국한된 몇 가지 사건이 전부였다.

영주의 서재 창문 위치, 직장 동료 두어 명의 이름과 직위, 마크가 집을 가출하는 날짜와 수도에 올라가 사기를 당해 고생했다는 것, 누나의 남편이 누구인지가 고작이다.

세상의 변화를 주도할 역사적인 사건은 하나도 모른다.

오죽하면 자신이 몸담고 있는 나라의 왕이 누군지도 모른 채 살아가던 청년이 바로 예지몽 속의 딕스였다.

"큰형이… 아카데미 재학 중에 집에 내려온 적이 있었나?"

딕스가 혼란스러워하는 이유가 바로 여기에 있었다.

하긴 둘째 형 마크가 가출해서 집안을 발칵 뒤집어엎고 그로 인해 자신이 아버지로부터 강도 높은 정신교육을 받은 일에 비하면 큰형의 방문은 기억할 가치도 없는 사소한 일이 분명하다.

문제는 형의 귀향이 학기 중에 일어났다는 점이다.

방학 중이라면 대충 넘겼을 텐데.

그리고 단문의 편지 내용 중, '갔다 와서 이야기해 줄 테니'라는 문구가 뇌리에서 떠나지 않고 꺼림칙한 느낌을 키

운다.

이건 집에 일이 생겨 급히 내려간다! 라는 말과 상통하지 않는가.

집안에 일이 생겼다.

이때쯤 집안에 일이 생겼었던가? 머리를 쥐어짜 보지만 떠오르는 게 없었다.

'따라가야 할까?'

바람이 편지를 잡고 날아간다.

딕스는 그 편지를 쫓아가 잡지 않았다.

머릿속이 너무 복잡했다.

그러다 문득 든 하나의 생각.

이를 생각하자 온몸에 소름이 쫙 돋아난다.

꿈속에서, 그 빌어먹을 꿈속의 그 장소……. 고향에 자신과 형, 누나 아버지, 어머니가 있었다.

끔찍한 사건은 앞으로 6년 뒤에 일어난다.

지금 그때의 그 구성원이 지금 그 사건 장소에 모여 있더라도 일은 발생하지 않을 것이다.

그런데 정말 그럴까?

꿀꺽.

'설마……. 시간이 많이 남았는데.'

과대망상이다. 피해 의식이다.

설마 하니 그럴 리가 없지 않는가.

누군가 날아간 편지를 잡았다.

그 누군가가 고개를 갸웃하며 불안에 떨고 있는 소년을 향해 걸어온다.

"집안에 무슨 문제라도 생겼니?"

편지와 말을 동시에 건네며 걱정의 기색을 드러내는 사람.

엘리자베스 공주다.

딕스는 그녀가 편지 내용을 보고 묻는 것임을 알아차렸다.

자신과 그녀가 지금 동일한 결론을 내리고 있다.

역시 집에 일이 생겼나 보다.

"그… 그 편지 내용, 뭔가 문제가 터져서 급히 집에 간다. 그런 뜻 맞죠? 그런 거죠, 공주님?"

겁 많고 소심한 아이가 유령을 보고 질려 버린 듯한 생생한 표정이 딕스의 얼굴에 여실히 드러난다.

최근 수도에서는 스릴러 연극이 선풍적인 인기를 끌고 있다.

문화생활을 낭비라고 생각했기에 딕스는 단 한 번도 보러 간 적이 없다.

그냥 보고 온 사람, 코론 선배에게서 그 내용에 대해 듣기만 했다.

왜 갑자기 그 생각이 난단 말인가.

가족과 관련된 그 어떤 공포감과 흥취 따위 전혀 경험하고 싶지 않은데.

양 주먹을 꾹 움켜쥔 채 고개를 푹 숙이고 있던 소년이 고개를 든다.

"공주님."

웃음기가 싹 걷힌 딕스의 얼굴. 차갑고 단단하며 날카롭다.

지금의 저 얼굴에선 늘 웃음 짓던 순박한 시골 아이의 상냥함을 도저히 찾아볼 수 없다.

마치 다른 사람을 보는 듯하다.

그래서 엘리자베스 공주는 딕스의 이 모습에 상당한 충격을 받았다.

주도면밀하고 진지한 느낌이 물씬 풍기는 남자가 저 작은 얼굴에, 저 반짝이는 검은 두 눈에 웅크리고 있었다.

일국의 공주, 장차 왕위를 이어받기 위해 그녀는 제왕학을 공부했다.

왕이 되려는 자는 인간을 먼저 알아야 한다.

그 점에 있어 엘리자베스는 자신의 사람 보는 안목에 큰 점수를 주고 있었다.

한데 지금 이 순간 딕스라는 한 소년으로 인해 그녀는 자신의 안목에 큰 결함이 있었음을 깨달았다.

"마, 말해."

말을 더듬던 딕스의 병이 어느새 엘리자베스 공주에게로 옮았다.

두근두근.

엘리자베스 공주는 딕스의 시선이 갑자기 부담스러워졌다.

그래서 저도 모르게 그의 눈길을 회피했다.

이 나라를, 자신을 함부로 대하던 야수 같은 사내 클라우드 폰 야니스의 사나운 그 눈빛도 피하지 않고 당당히 받아냈던 엘리자베스였다.

그랬던 그녀가 지금 한 소년의 눈빛에 쫓겨 달아나고 있었다.

"고향에… 다녀오고 싶습니다. 도와주십시오."

엘리자베스는 자신도 모르게 고개를 끄덕이고 말았다.

처음으로 자신에게 주어진 권력을 이용하여 누군가에게 편의를 제공하고 싶다는 생각을 했다.

그녀는 이런 편의를 제공할 수 있는 자신의 신분이 처음으로 마음에 들었다.

"가자, 딕스. 너의 고향으로."


＊　　　＊　　　＊


딕스는 엘리자베스 공주와 함께 수도를 떠나 고향인 동부로 내려가고 있었다.

일국의 공주란 여인이 고작 재능자 하나의 청을 들어주기 위해 안전한 왕궁을 나선다? 이건 말도 안 되는 일이며 성사될 수도 없는 일이다.

설사 공주가 소년을 매우 아낀다 하더라도 주변의 반대에 부딪혀 무산될 수밖에 없다.

한데 이루어졌다.

실상 공주의 출궁은 소년 하나를 위해 이루어진 것은 아니다.

공국의 미래를 결정지을 중대한 내막이 깔려 있는 출궁이었다.

동북부 순찰사!

공왕의 명령으로 공주는 이러한 임시 벼슬을 얻은 상태였다.

테일의 편지와 공주의 등장은 우연의 일치였고 그로 인해 딕스는 고향을 향해 움직일 수 있었다.

'공주님께 큰 은혜를 받았구나!'

원래 페논은 동북부 순찰 업무에 포함되지 않았으나 이쯤이야 공주의 재량으로 얼마든지 변경이 가능한 부분이었다.

덕분에 소년은 안전하고 편안한 귀향을 할 수 있게 되었다.

안 될 놈은 뭘 해도 안 되고 될 놈은 뭘 해도 된다는 말이 허투루 나온 말이 아님을 소년은 이번 일로 인해 납득했다.

왕실 근위기사대의 호위를 받으며 당당하게 가도를 달린다.

최고급 마차라 그런지 마차의 승차감은 이루 말할 수 없이 편안하다.

마차의 가격은 고소득 전문직에 종사하는 소년의 연봉 10년 치에 해당한다.

먹고살기 팍팍한 이 세상에서 소년은 타고난 그 재능 하나로 훈작의 작위와 수입의 안정을 손쉽게 이루었다.

여기에다 남들은 상상조차 할 수 없는 막강 인맥까지!

취업난에 시달리고 있는 공국의 대다수 젊은이에게 있어 소년의 현재는 그들이 궁극적으로 바라는 목표다.

해고될 염려 없고, 일은 편하고 자유로우며, 사회적으로도 인정받는 데다 월급까지 넉넉하다.

남들이 평생을 노력해도 이루지 못할 것들을 딕스는 한순간에 다 얻었고 이루어냈다.

가족의 참화만 막아내면 소년의 인생은 그야말로 핑크빛 탄탄대로다.

사실 가족에게 닥칠 근 미래의 불행은 왕궁에 와서 생활하다 보니 그리 어렵게 느껴지지 않았다.

자신이 쌓은 인맥, 앞으로 만들어갈 새로운 인맥을 합치고 여기에 노력의 성과와 6년이란 시간까지 더한다면 가족의 참화를 충분히 막아낼 수 있다고 자신했다.

문제는 자신이 알던 그 사건이 6년 후가 아니라 바로 당장 일어나거나, 혹은 참화의 원인이 데일, 그 발정난 개자식과 상관없이 새로운 형태라면!

큰형의 편지를 보고 문득 든 이 생각이 소년의 마음을 몹시 흔들고 있었다.

'망상일 거야!'

이렇게 애써 치부하는 소년이다.

마차엔 딕스와 공주만 있는 게 아니다.

공주의 근접 호위를 맡고 있는 그녀만의 실력파 여기사가 있고, 공주를 어릴 때부터 돌봐온 중년의 시녀장도 타고 있다.

1남 3녀가 달리는 한 공간에 있었다.

"오랜만에 궁을 나오니 가슴이 뻥 뚫리는 것 같아, 유모."

루시 데 브랜더.

엘리자베스 공주의 유모이자, 공주궁의 시녀장을 맡고 있는 인물이다.

그녀는 남작의 작위를 갖고 있는 귀족이기도 하다.

딕스의 옆에 앉아 무심한 표정으로 창밖을 응시하는 여기사 스칼렛 르 헬싱.

그녀는 대단한 무재로 소문이 자자하다.

놀랍게도 스칼렛은 열아홉 살에 소드익스퍼트가 되었고 작년 스물네 살 나이에 중급의 경지에 들어 모두를 놀라게 했다.

그녀에 대해 아는 자들은 그녀를 소드마스터의 재목으로

여기고 있다.

그녀는 공주의 수호 기사이자 공국의 기둥이 될 여기사다.

그리고 엘리자베스 공주가 인정한 재능자 딕스.

소년이 장차 강력한 마법사로 성장하여 엘리자베스 공주의 한 팔이 된다면! 공국의 오랜 숙원인 왕국 선언도 못할 게 없었다.

"공주님께서 좋아하시니 저도 참 좋습니다."

시녀장 루시가 대답한다.

나무가 클수록 바람도 더 맞는 법이다.

사람들은 왕족으로 태어난 자들이 호의호식하며 편하게 산다고 하지만 그들도 나름 깊은 고충에 시달리며 산다.

요즘 엘리자베스 공주도 모진 바람에 시달리고 있었고 시녀장 루시는 이를 누구보다 잘 알고 있었다. 지금 이 길도 그 모진 바람을 피하기 위한 고육책이다.

딕스는 이를 눈치조차 채지 못했다.

제 발등에 떨어진 불이 더 급했기에.

"고마워, 루시."

공주의 눈길이 소년에게로 향한다.

"딕스."

"예, 공주님."

"너의 고향은 어떤 곳이니?"

어떤 곳? 과연 자신에게 페논은 어떤 곳일까? 한마디로 요

약하면 최대한 빨리 등지고 싶은 불쾌하고 찜찜한 장소라고 말할 수 있었다.

하지만 착하고 순수한 아이는 그런 말을 하면 안 된다.

호숫가 수련장에서 공주에게 보여줘선 안 될 모습을 보여준 것 같아 적잖이 신경 쓰인다.

소년은 그 일에 대한 만회가 있어야 한다고 생각하고 있었다.

개인적으로는 머릿속이 난마처럼 복잡하고, 마음은 불 꺼진 방처럼 어둡지만 장래를 위해서는 이미지 복원이 필요했다.

그러자면 이번 여정을 기회로 삼아야 한다.

'미안해요. 공주님…… 언젠가 저도 공주님의 진정한 친구가 될 날이 있을 거예요. 그때까진… 이해 부탁해요.'

훗날 공주님의 든든하고 믿을 수 있는 친구이자 신하가 되어주리라.

지금의 이 은혜를 후일 보답하리라.

그보단 일단 질문에 대한 따뜻한 대답부터 해야겠지.

딕스는 자신의 고향에 대해 생각한다. 떠오르는 게 하나도 없다.

"…시골이 다 그렇죠. 헤헤."

비가 오면 길이란 길은 온통 진창이 되고, 봄이면 온 영지가 두엄 냄새로 진동하고, 야생동물과 몬스터를 조심해야 하고, 먹는 것 입는 것도 형편없고, 일상생활도 무진장 불편하다.

해줄 말이 없자 소년은 추억을 더듬어본다.

동화처럼 아름다운 일이 있나 싶어서.

머리를 쥐어짜 보았지만 자랑할 만한 멋진 일은 하나도 없었다.

다른 사람도 아닌 엘리자베스 공주에게 거짓을 고하는 것은 양심상 도저히 그럴 수 없어서 대충 넘어가려는 소년이다.

"딕스처럼 착하고 바른 사내아이를 배출한 곳이니 분명 멋진 곳일 것 같아. 사람도 산수도."

공주의 칭찬에 딕스는 내심 크게 안도하고 기뻐했다.

그 자신이 염려하고 걱정했던 자신의 이미지, 그것이 공주의 마음에서 훼손되지 않았음을 지금의 칭찬으로 깨달았기 때문이다.

좀 전까지 공주의 진심을 가식으로 받아준 것을 미안해하던 양심적인 소년은 어디 갔을까 싶다.

겸손을 보이려고 준비하던 딕스.

그러나 그는 준비한 모습을 보이지 못했다.

마차가 감속하기 시작하더니 멈춘다.

무슨 일인가 다들 궁금하게 여기고 있을 때 호종대의 책임자 패트릭이 보무도 당당하게 창문으로 다가온다.

시녀장 루시가 창문을 열고 마차가 멈춘 이유를 묻는다.

패트릭은 지체 없이 대답했다.

"며칠 전 내린 큰비로 다리가 유실되었다고 합니다. 길을 돌아가야 할 것 같은데 그러자면 자칫 중간에 노숙을 해야 할지도 모릅니다. 여기서부터 한 시간 거리에 마을이 있다고 합니다. 오늘은 그곳에서 쉬고 내일 아침 일찍 출발하는 게 좋을 듯합니다."

늦봄이라곤 하지만 아직까지 아침과 밤이면 쌀쌀하다.

공주의 건강을 위해서라도 패트릭의 결정을 따르는 게 현명하다.

"그렇게 하세요. 패트릭 경."

공주의 허락이 떨어지자 패트릭은 남쪽으로 방향을 틀었고, 그렇게 한 시간여를 달려 마을에 도착한 일행은 제법 큰 규모의 여관에 여장을 풀 수 있었다.

해가 지려면 아직 두어 시간쯤 남았다.

딕스는 샤워를 마친 후 휴식을 취한 뒤 복도로 나왔다.

저녁을 공주와 함께 먹기로 했기에 그녀가 쉬고 있는 특실로 향했다.

마침 패트릭이 복도로 나오고 있었다.

"패트릭 기사님."

딕스는 반가운 표정으로 기사를 향해 잰걸음으로 다가갔다.

패트릭은 반갑게 웃어주었다.

"삼 일 전보다 표정이 많이 좋아진 것 같군."

왕궁을 떠난 지 오늘로 삼 일째.

집에 발생한 일이 무엇인지 추측하느라 딕스는 내내 무표정으로 있었다.

딕스는 흔히 볼 수 없는 사나운 눈매를 갖고 있다.

이 눈매는 이상하게도 무표정으로 있으면 꼭 상대에게 시비를 거는 듯한 분위기를 연출한다.

이 때문에 소년은 고향에서 아이들의 괴롭힘을 받았었다.

그의 덩치가 컸거나 힘이 셌다면 이러한 눈매가 상대의 기를 죽이는 훌륭한 무기가 되었겠지만 그렇지 못한 까닭에 변변히 싸워보지도 못했다.

힘으로는 도저히 아이들을 상대할 수 없자 복수의 방법으로 소년은 꾀를 갈고 닦았다.

그때부터 소년의 화려한 전성기가 시작되었지만 이로 인해 소년은 친구를 단 하나도 만들지 못했다.

주먹은 몸에 상처를 내지만 아물면 사라진다.

반면 마음의 상처는 굉장히 오래간다.

딕스의 꾀는 아이들의 마음에 상처를 입히는 악질적인 요소가 많았었다.

좀 더 일찍 자신의 눈매가 상대에게 불쾌감을 준다는 것을 알았다면 소년은 이를 고치기 위해 노력했을 것이다.

하지만 그 당시에는 자신에게서 문제를 찾지 않고 외부에서 문제를 찾으려고만 했다.

소년은 아이들이 무작정 자신을 미워한다고 여겼다.

억울하고 분한 마음에 소년의 꾀는 점점 독기를 품고 성장하고 말았다.

딕스의 예지몽은 바로 그 자신의 이러한 문제를 보완하는 방법도 가르쳐 주었다.

소년은 자신의 단점을 보완하기 위해 항상 웃었다.

고향에서처럼 왕궁에서도 적을 만들고 왕따가 되면 곤란하기 때문이었다.

웃는 건 굉장히 힘든 일이다.

마법부의 특성상 혼자 있는 시간이 많았기에 그나마 다행이지 그렇지 않았다면 안면 근육통을 달고 살았을 터였다.

"걱정해 주셔서 감사합니다. 패트릭 기사님."

"공주님 방에 가는 길인가? 그럼 함께 가세."

"예, 패트릭 기사님도 초대받으셨어요?"

"황송하게도 그렇다네. 하하"

패트릭은 공주의 식사 초대를 영광으로 생각하고 있었다.

장차 이 나라의 여왕이 되실 고귀한 존재다.

왕실 근위기사대의 기사인 패트릭 입장에서 엘리자베스는 충성을 바쳐야 할 미래의 군주다.

친해질 수 있다면 되도록 친해져야 할 인물인 것이다.

참고로 집안의 문제로 근심하던 딕스는 그 와중에도 공주의 호위대에 패트릭을 추천했고 공주는 패트릭을 호위대의 대장으로 임명함으로써 딕스에 대한 그녀의 신임을 여러 사람들에게 대놓고 보여주었다.

이렇다 보니 딕스에 대한 패트릭의 호감은 자연 더 커질 수밖에 없었다.

"잘됐습니다. 패트릭 기사님. 사실 마차에서도 그렇고 남자는 저 하나뿐이라 많이 불편했거든요."

"이런, 난 자네만 믿고 편안하게 식사할 생각이었는데."

"예? 아니……. 에휴, 알겠습니다. 제가 노력할게요."

이 남자에게 잘 보여야 한다.

큰형의 미래가 이 남자의 손에 달려 있으니까.

양 볼을 크게 부풀리며 작은 어깨를 으쓱이는 소년의 모습에 패트릭은 웃음을 터뜨렸다.

"하하하, 내 딕스 경의 노고를 잊지 않겠네."

"예예, 절대 잊으시면 안 됩니다."

패트릭은 알지 못할 것이다. 이것이 소년의 진담인 것을.

어찌되었든 두 사람은 즐겁게 담소를 나누며 공주가 묵고 있는 객실 앞에 도착했다.

문 앞에서 보초를 서던 기사 둘이 이들을 보며 경례를 붙인다.

물론 패트릭을 향해서다.

방문 앞을 지키는 두 기사를 무시하지 마라.

저들도 소드익스퍼트다.

참고로 공주의 경호를 위해 왕실 근위기사대에서 아홉 명의 기사가 차출됐다.

이 중 한 명이 패트릭으로 호위대의 대장을 맡고 있다.

마차 안에 동석한 여기사 스칼렛은 소속이 없다. 그녀는 왕족의 수호 기사이기 때문이다.

수호 기사는 단 한 명을 제외한 그 누구의 명령도 듣지 않아도 된다.

공왕이라도 그녀에게 명령을 내릴 수 없다.

스칼렛에게 명령을 내릴 수 있는 자는 오직 엘리자베스 공주뿐이다.

문이 열리자 과묵한 수호 기사 스칼렛이 두 사람을 맞는다.

"따라오시오."

여자의 말투치고 참으로 딱딱하다.

그런데도 그 말투가 그녀의 분위기와 참 잘 어울린다.

딕스와 패트릭은 응접실에 도착했다.

여관에서 주문한 음식이 이미 차려져 있었고 거기엔 공주와 시녀장 루시가 있었다.

"앉으세요. 두 분."

패트릭이 있었기에 공주는 딕스의 체면을 세워주었다.

이에 딕스는 그녀에게 고마움을 느꼈다.

만찬은 공주의 주도하에 화기애애하게 흘렀다.

밖에서 여러 사람이 내지르는 고함과 위급을 알리는 종소리가 들리기 전까지는.

*　　　*　　　*

그린스 마을.

강의 다리가 유실되어 그 강의 하류에 위치한 마을에서 일박을 하게 된 엘리자베스 공주 일행.

이 마을에서의 하룻밤은 편안하지도 안전하지도 않았다.

즐거웠던 만찬은 한 접시의 음식을 비우기도 전에 밖에서 벌어진 소동으로 중단됐다.

문밖에 있던 기사를 보내어 소동의 이유를 알게 된 후 다들 화들짝 놀라 마을을 벗어나기 위해 여관을 뛰쳐나왔다.

인파의 파도가 기다렸다는 듯 여관 앞으로 몰려들었다.

패트릭의 명령으로 기사들이 원진의 방벽을 형성했다.

이 벽은 가히 철벽이었다.

딕스 역시 이 철벽의 보호 아래 안전할 수 있었다.

파도 같은 인파는 이 철벽에 의해 쫙 갈라졌다.

기사들을 원망하고 욕하는 자들이 있었지만 이에 신경 쓸수 없었다.

이 마을의 저수지가 붕괴하려고 한단다.

그 저수지가 무너지면 이 마을은 단숨에 수몰된다고 한다.

홍수는 천재지변이다.

인간의 힘으로 어찌 그 거력을 감당할 수 있겠는가.

그저 죽을힘을 다해 재앙의 그림자로부터 최대한 멀찍이 달아나는 수밖에.

'뭐지, 이 익숙한 분위기는……'

도처에 혼란과 공포와 고성이 난무한다.

이리 치이고 저리 치이는 것은 걸음이 느린 힘없는 여자와 노약자와 아이들이다.

위기에 처한 처자식을 보호하기 위해 가장이 나서지만 사내 하나의 힘으로 인파의 물결은 갈라지지도 멈추지도 않는다.

오히려 이 인파에 휩쓸려 가족과 멀어질 뿐이다.

"에이미! 에이미!"

"으아아앙, 아빠!"

"여보!"

"악!"

"비켜, 비키란 말이야!"

"아악!"

"으악!"

"밀지 마! 밀지 말란 말이야!"

저수지가 붕괴되어 마을이 수몰되기 전에 무지막지한 저 무질서로 인해 사람들이 먼저 압사당할 것 같다.

가족과 떨어진 한 여자아이가 울고 있었다.

그 아이의 눈은 사슴처럼 맑고 컸다.

그 큰 눈에서 쉴 새 없이 눈물이 콸콸 쏟아진다.

네다섯 살쯤 되어 보이는 이 여자아이는 부모의 이름을 불렀고, 제 형제의 이름을 울음기 가득한 목소리로 애절하고 절박하게 불렀다.

바윗돌 같은 감성의 소유자라도 심금을 울리는 저 여자아이의 목소리에는 녹아버릴 것이다.

놀랍게도 아이의 앞을 지나가는 그 누구도 이 아이를 쳐다보지 않았다.

사람들의 외면을 받은 아이는 더 이상 소리치지 않았다.

그 아이는 작은 몸을 공처럼 웅크린 채 제 몸을 바들바들 떨기만 했다.

딕스는 가여운 그 모습에 저 무자비한 인파 속으로 몸을 날려 구출해 주고 싶다는 생각을 했다.

방치된 여자아이를 확인한 것은 공주의 일행 중 딕스가 유일했다.

겁에 질린 인파로 인해 철벽을 연상시켰던 기사들의 원형진이 크게 흔들린다.

바위를 쪼개는 물방울에 대해 들은 적이 있다.

지금 그러한 현상이 일어나고 있었다.

이 철벽의 원형진이 무너진다면 저 아이나 자신의 신세나

오십보백보일 것 같다.

현실적으로는 외면하는 게 옳다.

괜히 저 아이를 구하자는 말을 했다간 일행 전체를 곤란에 빠뜨릴 수 있다.

더러운 뒷간도 마다하지 않고 들이치는 게 물이다.

하물며 인간의 귀천을 따져서 너는 치고, 쟤는 안 친다! 이렇게 분별을 갖고 덤비지 않는다.

놈에게 걸리면 애나 어른이나 왕이나 거지나 죽음이다.

대를 위해 소를 버린다.

마음은 무겁지만 소년은 꼬마 계집아이를 외면하기로 했다.

이것이 최선이라 믿었다.

아니, 자기 변명거리다.

"머, 멈춰요!"

자신의 양심을 희생하기로 결심했던 소년은 공주의 갑작스러운 명령에 심장이 덜컥 내려앉는 기분이 들었다.

이 상황에서 멈추면 모두가 위험하다.

기사들이 인의 장벽을 쳤지만 겁에 질린 사람들이 계속 들이친다면 이 방벽도 깨질 것이다.

딕스는 공주의 시선이 향하는 곳을 보게 되었다.

'아뿔싸!'

저 계집아이를 너무 오래 봤다.

딕스는 자신의 실수에 제 살을 뜯어내듯 스스로 사납게 꼬집었다.

체구가 작은 딕스의 안전을 염려한 공주는 여관을 나서는 순간부터 내내 그를 신경 쓰고 있었다.

이러한 관심이 계집아이에게로 공주의 시선을 인도하고 말았다.

뒤늦게 이를 깨달은 딕스는 아차 할 수밖에 없었다.

전방에서 길을 뚫고 있던 패트릭을 비롯해 원진의 방벽을 형성하고 있던 기사들이 일제히 주춤한다.

이들의 뒤를 사람들이 후려치고 비명과 고성과 원망이 일제히 쏟아진다.

하나 이것은 바람 같은 원망과 분노일 뿐이다.

어느새 그들은 벌써 저만치 달아났다.

"공주님, 무슨 일이십니까?"

깊은 우려를 드러내며 패트릭이 급히 묻는다.

모든 시선이 공주에게로 향한다.

한시가 급하다.

부지런히 달려도 홍수를 피할 수 있을지 장담할 수 없다.

다른 이들보다 더 예민한 감각을 지녔기에 기사들은 더욱 더 잔뜩 긴장하고 있다.

그때, 저 멀리 뒤쪽에서 성난 황소 떼가 지축을 때리는 듯한 묵직하고 위협적인 굉음이 날아왔다.

그와 함께 지축도 크게 몸부림쳤다.

그 순간 주변은 거짓말처럼 마치 쥐죽은 듯 조용해졌다.

놀라운 현상이다.

좀 전까지 공포에 질린 발걸음과 고성과 절박한 감정의 다양한 소리로 폭발 직전이었다는 게 믿어지지 않는다.

분명 1초 전만 해도 이곳은 그러했다.

굉장한 침묵이다.

침묵이 이리 무서운지 딕스는 처음으로 알았다.

온몸의 세포가 발딱 선다.

오감을 믿지 못한 몸속의 신경 다발이 모조리 밖으로 튀어나온 듯한 느낌이다.

온몸이 바늘에 찔린 듯 아파오는 것은 기분 탓이려나.

두근두근.

쿠르르릉.

'죽었구나!'

지축을 내달리는 죽음의 물소리가 들린다.

도로의 가로등이 하나둘 거침없이 꺼져 나간다.

장관이다.

하지만 감탄하고만 있을 수는 없다.

제삼자가 아닌 당사자이기 때문이다.

가옥을 들이친 물소리가 위엄차고 살벌하다.

위맹한 이 소리에 온몸이 저려온다.

"으아아아아악!"

"뛰어!"

"잘린 아부지, 같이 가요!"

"아빠, 엄마!"

거대한 절망의 물 덩이가 거침없이 쭉쭉 달려온다.

위급하고 다급한 상황이다.

타인을 외면하는 사람들.

저들을 뭐라 할 수 없다.

왜냐면 제 가족을 돌보기에도 다들 힘에 부치니까.

"저 종탑으로 피신한다!"

말처럼 빨리 달려도 저만치에서 내달려오는 홍수를 피하기는 어려웠다.

포기하고 멍청하게 서 있다가는 개죽음이다.

주변을 둘러보던 패트릭이 신전 종탑을 대피소로 지목했다.

대다수의 주민도 달아나는 걸 포기했다.

절망에 빠져 있던 사람들은 패트릭이 지목한 신전의 종탑이 구원의 등불로 보였다.

희망이 생긴 사람들은 그곳을 향해 정신없이 뛰어가기 시작했다.

그런데 문제가 발생했다.

너무 많은 사람이 한곳으로 몰려가다 보니 서로의 몸에 부딧히고 혹은 발에 걸려서 넘어진 자들을 밟고 가는 사태가 속속 일어났다.

이런 식이면 익사자나 압사자나 피해는 거기서 거길 것이다.

"종탑으로 오르는 자들을… 베라! 공주님을 호위하라!"

얼굴을 잔뜩 일그러뜨리며 고뇌하던 패트릭이 제 입술을 질근 씹은 뒤 피를 토하는 심정으로 외쳤다.

공주의 안전을 책임져야 하는 패트릭이었다.

살기 위해 발버둥치는 백성들이 불쌍하고 안타까웠지만 더 이상 방치했다가는 공주님마저 위험할 수 있었다.

경쟁은 늘 누군가를 도태시켜야 한다.

그것은 법칙이다.

지상에 살아가는 모든 생명체들의 피할 수 없는 슬픈 숙명인 것이다.

하지만 패트릭의 결정은 엘리자베스 공주에게는 용납될 수 없는 일이었다.

그녀는 백성이 없는 군주는 없다고 믿는 이였다.

그것은 그녀의 원칙이었다.

분노한 공주는 패트릭을 돌아보며 소리쳤다.

"그만둬요! 패트릭 경!"

"공주님, 지금은 공주님과 설전을 벌일 시간이 없습니다. 스칼렛 경, 공주님을 부탁합니다."

마음이 아프긴 패트릭도 마찬가지였으나 그에게 일의 우선순위는 첫째도, 둘째도 공주의 안전이었다.

스칼렛은 반항하는 공주를 제압한 뒤 기사들이 열어준 길을 바람처럼 내달렸다.

수호 기사에게 공주의 안전은 자신의 목숨보다 우선했다.

울상이 된 시녀장 루시가 그 뒤를 급히 쫓는다.

딕스가 움직이지 않자 패트릭이 그에게 소리쳤다.

"딕스 경, 뭐 하는가. 따라오게."

소년은 골목에 웅크린 채 아무것도 못하는 계집아이가 자꾸 눈에 밟혔다.

그 아이를 외면하기로 한 마당에 지금에 와서 왜 이런단 말인가.

그때, 웅크리고만 있던 계집아이가 벽을 짚고 일어섰다.

고사리 같은 두 주먹을 쥐고서는 살아보겠다며 골목에서 겁에 질린 얼굴로 나온다.

아이의 몸은 너무 연약했다.

누군가 아이를 몸으로 툭 치자 아이는 순식간에 나가떨어졌다.

아이를 쓰러뜨린 남자는 이 아이에게 눈길조차 주지 않았다.

아니, 자신이 아이를 쳤다는 것도 인식하지 못했다.

저 멀리서 몰려오는 거대한 물 덩이에 그 남자는 혼이 반쯤 나가 있었다.

하긴 이 상황에서 제정신을 유지하는 게 더 이상한 노릇이다.

"딕스 경!"

패트릭이 소리치며 뛰어와서는 팔을 강하게 잡아끈다.

일행은 벌써 신전 입구에 도착하여 안으로 진입하려는 중이다.

사람들이 신전 입구로 몰려와 먼저 들어가려고 치열하게 몸싸움을 했다.

저 인파를 뚫고 신전으로 들어가려면 학살을 자행하지 않고는 어렵게 되었다.

딕스는 인상을 와락 일그러뜨렸다.

저 계집아이에게 한눈을 파는 바람에 자신은 물론 패트릭까지 곤란하게 만들었다.

자신도 모르게 분명 무언가에 홀렸음이다.

아직도 홀려 있는 것이 분명하다.

입이 머리의 명령을 듣지 않고 마음의 명령을 듣는 걸 보니.

"패트릭 기사님, 저 미쳤나 봅니다. 저 계집아이를… 살리고 싶습니다."

긴급한 상황에서 이는 분명 무모하고 어리석은 결정이며 답답한 객기이다.

저 계집아이가 골목에 주저앉아 있었다면 딕스는 결코 이런 마음이 들지 않았을 것이다.

부딪혀 자빠진 채 가만있었다면 그냥 고개를 돌려 버렸을 것이다.

놀랍게도 저 계집아이는 깨진 제 무릎을 쥐고서 일어나고 있었다.

눈물을 꾹 참아가며 형편없이 느린 걸음으로 희망을 찾아 헤매고 있었다.

딕스는 자기 자신을 납득할 수 없었다.

손해 보는 짓이다.

그것도 돌이킬 수 없는 손실을 당할 수 있었다.

패트릭도 여자아이를 보았다.

다리를 절뚝거리며 걷는 작은 계집아이의 무릎에서는 피가 철철 흐르고 있었다.

그 아이를 보자 패트릭은 집에 있는 딸애와 이 계집아이가 겹쳐졌다.

"무모하지만……. 휴, 저 아이를 외면했다간 난 평생 내 딸의 얼굴을 제대로 볼 수 없을 것 같군. 딕스 경, 먼저 들어가게. 내가 저 아이와 함께 가겠네."

패트릭이 빠른 말처럼 인파를 가른다.

이를 본 딕스는 안도와 미안함을 동시에 느꼈다.

자신이 나서는 것보다는 패트릭이 나서는 게 저 여자아이에게도 훨씬 도움이 된다.

딕스는 재빨리 신전 안으로 들어가기 위해서 내달렸다.

안타깝게도 그때쯤엔 이미 많은 사람이 몰려와 있는 상태여서 도저히 안쪽으로 들어갈 수가 없었다.

창문 역시 그곳을 넘어가려는 자와 끌어내리려는 자들로 막혀 있었다.

'이럴 수가!'

그 작은 계집아이보다 이제 자신의 목숨이 경각에 달렸다.

물 울음소리가 더 꽝꽝하게 고막을 친다.

그리고 땅이… 온몸을 뒤흔들 정도로 요동쳤다.

쿠르르릉.

건물이 밀려 무너지는 육중한 소리가 끊이지 않았다.

시간이 촉박하다.

절망이 사람들 사이로 퍼져 나간다.

무릎 꿇고 기도하는 자들이 보인다.

가족과 작별하며 펑펑 울고 있는 자들도 보인다.

자신이 살아온 삶을 되돌아보며 처연하게 고개를 숙이는 자들도 보인다.

이성이 없는 짐승처럼 날뛰던 사람들의 얼굴이 갑자기 평온해졌다.

거짓말처럼.

주춤.

온 힘을 다해 사람들을 밀쳐내던 딕스의 몸에서 그 순간 힘이 쭉 빠졌다.

그때, 계집아이를 안고 패트릭이 그에게로 다가왔다.

"뚫고 가기 어렵겠군."

딕스가 느낀 암담함을 패트릭도 느끼고 있었다.

그때 구원의 목소리가 패트릭에게 날아들었다.

"세 시 방향!"

소드익스퍼트는 일반인과 달리 오감이 발달해 있다.

하늘에서 내려온 이 구원의 작은 목소리를 패트릭은 놓치지 않았다.

패트릭은 딕스의 팔을 잡고서는 빠르게 그 방향으로 내달렸다.

이제 거대한 물 덩이가 두 눈에 선명하게 보인다.

어둠과 함께 몰려오는 저 검은 액체의 덩어리는 마치 거대한 산이 달려오는 것 같았다.

하늘에서 내려온 밧줄.

패트릭은 밧줄을 팔로 서너 번 휘감은 뒤 이를 꽉 움켜잡았다.

딕스는 기사의 벨트를 죽을힘을 다해 붙잡았다.

이걸 놓치면 끝장이다.

밧줄은 신전의 탑과 연결되어 있었다.

합심해서 사람들이 밧줄을 당겨주자 이들의 몸은 위로 쑥

쑥 올라갔다.

빠른 속도였지만 몰려오는 거대한 물 덩이를 보자니 중간에 잡아먹힐 것 같기도 했다.

딕스는 두려움에 온몸이 덜덜 떨려왔다.

계집아이를 신경 쓰지 말아야 했는데 그땐 뭐가 씌었는지 성자나 할 법한 천인공노(?)할 짓거리를 하고 말았다.

여기서 몽땅 죽는다면!

"미, 미안합니다. 정말… 미안합니다. 패트릭 기사님."

"아냐, 이건 나의 선택이기도 했네. 그리고 이 꼬마 아이… 너무 사랑스럽지 않나?"

이리 말하며 품에 안겨 있는 계집아이를 보여주며 빙그레 웃는 패트릭이다.

그 웃음은 구김 하나 없이 맑고 환했다.

그 자신의 목숨이 바람 앞에 선 외로운 촛불 신세임에도 어찌 저리 빛나는 웃음을 지을 수 있는 것일까? 저것이야 말로 진정한 사내의 웃음이다.

패트릭의 품에 안겨 있던 계집아이가 딕스를 향해 감사의 마음을 부정확한 발음으로 전했다.

"고, 고마습니다."

그게 더 진심으로 가슴 뭉클하게 딕스에게 다가왔다.

그런데 왜 저 아이는 자신에게 고맙다는 말을 하는 걸까? 그 이유는 패트릭이 설명해 준다.

"이 아이에게 말했다네. 저 멋진 소년이 너를 구해달라고 내게 부탁했다고. 난 그 부탁을 들어준 것밖에 없다고 말했지. 하하하."

딕스는 울컥한 마음을 억누르기 위해서 입술을 깨물었다.

슬픔과 후회가 소년의 가슴을 채웠다.

가슴이 먹먹하고 아파온다.

할 수만 있다면 자신을 희생해서라도… 이건 잡생각이고, 할 수만 있으면 모두 함께 살고 싶었다.

안타깝게도 방법이 없었다.

"저기… 패트릭 기사님."

"얼굴이 빨개졌군. 힘든가?"

"아, 아뇨. 저… 저랑 친구 하실래요?"

소년은 친구라고 부를 수 있는 자를 단 한 번도 가져보지 못했다.

자신보다 스무 살이나 더 많은 그에게 이런 말을 하는 게 좀 그렇지만 이 순간이 인생의 마지막이라면 한 번쯤 친구라 부를 수 있는 자를 갖고 싶었다.

패트릭은 소년에게서 진심을 볼 수 있었다.

"딕스."

"……?"

"반갑네, 나의 어린 친구."

패트릭이 허락하자 딕스는 기뻤다.

죽음의 거대한 그림자가 곧 덮치겠지만 생애 처음으로 갖게 된 친구와 나란히 저승에 간다면 그리 무서울 것도 없겠다 싶었다.

오히려 수다나 떨며 재미난 여행길이 되지 않을까? 피식피식.

영차, 영차.

밧줄이 올라가는 속도가 갑자기 빨라진다.

종탑에 발을 딛기 전에 홍수에 휩쓸릴 것이라 생각했던 딕스와 패트릭이었다.

다행하게도 물살은 중간쯤에서 그 속도가 크게 줄어들었다.

기적이라고 부를 수밖에 없는 이 상황 덕분에 세 사람은 종탑에 무사히 올라설 수 있었다.

이들을 끌어올린 기사들은 다들 기진맥진해 널브러졌다.

사력을 다한 기사들의 노력이 아니었다면 딕스와 패트릭은 수장되고 말았을 터였다.

종탑엔 이들 외에도 이 마을의 주민 십여 명이 함께 있었고 철문 안쪽 나선형의 긴 계단에는 사람들로 발 디딜 틈 없이 가득했다.

이들의 운명은 이제 이 종탑의 견고함에 달렸다.

"충격에 대비하라!"

여자아이를 딕스에게 맡긴 패트릭이 소리쳤다.

이 종탑이 얼마나 버텨줄까.

다들 긴장된 마음으로 충격에 대비했다.

'제길, 물의 재능자인데… 물을 겁내다니!'

밧줄에 매달려 올라올 때는 반쯤 포기했다.

그래서인지 죽음을 담담히 받아들일 수 있을 것 같았다.

그랬던 마음이 종탑에 올라오자마자 싹 달아나 버렸다.

살고 싶다. 벽에 똥칠할 때까지 오래오래.


쿠우우우웅! 쏴아아악! 콰르르릉.

종탑이 휘청거린다.

바람이 몹시 심한 날 갈대 끝에 매달려 있는 느낌이었다.

실제로 휘청거리는 것인지는 알 수 없었지만.

종탑의 철문 저 안쪽에서 사람들의 비명이 몰려들었다.

홍수가 품고 있던 파편들이 종탑을 때려 파손시켰고 파손
된 그 틈새로 물살이 밀고 들어와서 차오르기 시작했다.

바닥에서부터 올라오는 음료수가 빨대를 빈틈없이 꽉 채
우듯이.

종탑을 5등분으로 나누면 상층부 1만 빼고 나머지 4는 거
세게 흐르는 수면 아래에 잠겼다.

계단에 있는 주민 중 5분의 4는 죽은 목숨이라고 봐야 한
다.

"살려줘요!"

"올라가! 빨리 올라가!"

"제발 도와주세요. 제발!"

뒤에 있던 사람들이 앞에 있는 사람들을 밀었다.

조그만 공간이라도 확보하기 위해서였다.

이것이 불가능해지자 그들은 앞사람을 계단 밖으로 던져 버렸다.

이 상황이 반복되다 보니 피해자는 더더욱 속출할 수밖에 없었다.

"철문을 막아라!"

사람들이 꾸역꾸역 밀려들어 온다.

종탑 옥상이 수용할 수 있는 인원은 한정되어 있었기에 비정하지만 입구를 틀어막을 수밖에 없었다.

패트릭의 명령이 떨어지자 기사들이 움직인다.

다들 이 일을 하기 싫어했지만 상황은 어쩔 수가 없었다.

엘리자베스 공주는 처연한 표정으로 고개를 푹 떨어뜨렸다.

왕족이란 자부심도 자연의 거대한 힘 앞에서는 티끌에 불과했다.

그녀는 몹시 슬퍼하고, 아파했다.

시녀장 루시가 공주를 다독인다.

공주의 수호 기사 스칼렛은 주변을 경계하며 석상처럼 서 있다.

종탑에 올라온 일부 주민들은 주눅이 든 표정으로 한곳에 모여서 일행의 눈치 보기에만 급급했다.

딕스는 크게 낙담한 공주를 바라보다가 이내 몸을 돌려서 난간으로 다가갔다.

자신은 물을 움직일 수 있다.

저 엄청난 양의 물을 다 막을 수는 없겠지만 종탑 안을 채우고 있는 물의 유입을 조금이나마 줄일 수 있지 않을까 싶어 딕스는 그 일을 시도해 보려 한다.

쿠루르르르르옹. 콰르르르릉.

굉음을 내며 흐르는 시커먼 수면이 참으로 두렵다.

검은 수면은 수시로 무수한 무늬를 만들었는데 그 모습은 마치 녀석이 잡아먹은 사람들의 얼굴이 아닐까 싶었다.

오싹 소름이 돋는다.

슈아아악!

갑자기 수면을 뚫고 건축자재가 불쑥 솟구쳐 올라와서 소년의 간담을 서늘하게 만들었다.

딕스는 문득 물의 핵을 찾던 일이 떠올랐다.

장장 여덟 시간을 쉬지 않고 노력한 덕분에 고집스러운 외톨이, 왠지 자신을 닮은 듯한 물의 핵 오메가를 찾을 수 있었다.

녀석의 인정을 받기 위해 오랜 시간과 노력을 아끼지 않았다.

다른 오메가 핵은 쳐다보지도 않고 줄곧 녀석을 설득하는 것에 아니, 모든 걸 다 잊고 녀석과 이야기하는 재미에 푹 빠졌었다.

그렇게 지내던 어느 날 자신의 부름에 고맙게도 녀석이 다가와 주었다.

그때 느꼈던 감동은 이루 표현할 수 없었다.

지금 그 녀석은 자신과 함께 있다.

'해보자고!'

자신의 정신에 동화된 녀석이 그 둥지에서 나와 힘을 보내준다.

슈우우욱.

종탑에 끊임없이 들이치는 사나운 물살.

저 물살 속에 떠내려가는 다양한 것들이 종탑과 충돌한다.

그 물체가 때릴 때마다 종탑은 크게 앓는 소리를 냈고 상처를 입었다.

그 소리는 모두에게 공포가 되었다.

딕스 역시 이 소리가 무척이나 무서웠지만 지금은 그 무서움도 다 잊어버렸다.

딕스는 시커먼 수면을 향해 팔을 뻗고 춤추듯 이를 움직였다.

그러자 놀랍게도 수면이 좌우로 쫙 갈라졌고 그 틈이 점점 아래쪽으로 내려갔다.

시간이 좀 지나자 놀랍게도 잠겨 있었던 종탑의 외벽이 그 모습을 드러냈다.

종탑 안쪽으로 쏟아지던 물의 양은 당연히 현저히 줄어들었다.

넘쳐흐르던 사람들의 비명이 갑자기 잦아들었고 철문을 두들겨대던 그들의 절박한 몸부림도 거짓말처럼 멈추었다.

정적이 흐르는 가운데 수면을 향한 소년의 팔 춤사위가 더욱더 격렬하고 빨라지기 시작했다.

사람들의 시선이 하나둘 이상한 행동을 하고 있는 소년을 보기 시작했다.

의혹과 놀람이 가득한 표정이다.

소년은 의도와 다르게 무의식적으로 자신만의 마력 문장을 만드는 수련을 병행하고 있었다.

좌우로 쩍 갈라진 물의 벽에 수백 개의 문장이 생성과 소멸을 동시에 반복하고 있다.

그 문장은 놀랍게도 오메가를 기초로 했다.

이는 물의 오메가 재능자인 소년이 앞으로 겪을 수많은 오류를 줄여주는 놀라운 기연이었다.

재능자들은 하루 십여 개의 문장을 그려보는 게 고작이다.

딕스의 경우 순수 핵의 분신이 아닌, 핵의 본신을 정신에 안착시켰기에 일반적인 재능자보다 마나 양이 풍부해 더 많은 문장을 그릴 수 있다.

그 차이란 남들이 기어갈 때 자신은 날아가는 것이라고 보면 된다.

둘 중 어느 쪽이 오류를 줄이며 자신만의 마력 문장을 더 빨리 완성할 수 있겠는가? 당연히 기는 놈보다 나는 놈일 수밖에 없다.

한데 지금 그보다 더한 일이 눈앞에서 펼쳐지고 있었다.

재능자들이 이 현상을 목격했다면 다들 그 자리에서 까무러치고 말았으리라.

딕스는 지금 수십 년 치의 수련을 이 순간에 한꺼번에 해치우고 있었다.

털썩.

안타깝게도 그의 정신력과 마나가 더는 버티지 못했다.

좌우로 갈라진 물이 다시 합쳐졌고 딕스의 이상행동을 걱정한 사람들이 왔을 때 그들은 아무것도 볼 수 없었다.

"딕스!"

그의 고군분투로 인해 종탑에 피신한 자들은 알게 모르게 큰 도움을 받았다.

한동안 탑에 가해지는 충격을 딕스가 막아주었기 때문에 탑은 무너지지 않고 버틸 수 있었다.

그러나 그의 이러한 공은 아무도 알지 못했다.


시간이 흐른다.

추위와 두려움 속에 떨며 그 깊은 수몰의 밤을 사나운 저 물살에 실어 보낸다.

여명이 밝았다.

물이 빠져 나간 폐허는 살아남은 자들에게 참담함을 안겨 주었다.

목숨은 건졌지만 삶의 터전을 단 하룻밤 사이 모조리 잃어 버렸다.

살아도 산목숨이 아니다.

"으어어엉엉엉."

"흑흑흑."

진창이 되어버린 바닥에 사람들이 무너지듯 주저앉았다.

어젯밤 자신들이 한 일이 주마등처럼 스친다.

와들와들.

여기 살아남은 자들……

그들은 생존경쟁에서 승리한 자들이었으나 기쁨의 눈물 대신 죄책감에 젖어 무기력한 모습으로 울었고, 떨었고, 소리 쳤다.

그때, 이들을 향해 엘리자베스 공주가 나아갔다.

슬프고 참담한 심정은 그녀 역시 마찬가지였지만 그러한 감정에 사로잡혀 이 나라의 왕족으로서 해야 할 의무를 등한 시하지는 않았다.

진정한 지배자는 눈물을 겉으로 흘리지 않는다. 그들은 가슴으로 눈물을 흘리는 자들이다.

엘리자베스 폰 뮬, 그녀는 가슴으로 눈물을 흘릴 줄 아는 여인이었다.

# 제6장

전대미문의 견습 마법사(1)

저수지의 붕괴는 인재로 밝혀졌다.

이전부터 이 저수지의 수문에는 문제가 있었고 그린스의 주민들은 이곳을 다스리는 영주에게 수리비 예산을 집행해 줄 것을 끊임없이 요청해 왔었다.

답답하게도 주민들의 요청은 번번이 묵살당했다.

그 결과 수백 명의 인명이 죽었고 농경지와 가옥, 상가와 물자 등이 모조리 못쓰게 됐다.

관료들의 무능과 부패와 그들의 안일함이 이 참담하고 슬픈 결과를 만든 것이다.

엘리자베스 공주는 자신의 개인예금을 찾아 당장에 쓸 구호품을 장만했고 수도에 연락을 넣어 그린스의 재난 상황을 긴급으로 알렸다.

공주가 나섰으니 이곳은 재난 지역으로 선포될 것이다.

이 지역은 당분간 세금이 면제될 것이고 수재민들은 저리의 대출 혜택을 받을 수 있을 것이다.

살아남은 주민들에겐 분명 도움이 되는 지원이다.

그러나 이들보다 더 이익을 보는 자들은 이 마을이 소속된 영지의 영주와 그 가문이 될 것이다.

체스터 르 파머슨 백작이 이곳을 다스리는 영주다.

딕스는 파머슨 가문을 방문한 적은 없었지만 들은 소리가 있었기 때문에 잘 알고 있었다.

아르바이트에 열을 올리고 있는 견습 마법사들에게 있어 이곳은 노다지로 소문이 자자했다.

어떤 이들은 이곳의 아르바이트를 따내기 위해서 이 저택의 집사에게 뒷돈까지 찔러준다.

한데 그처럼 인심이 후한 가문이 다스리는 영지는 이처럼 착취당하고 있었다.

수도에서 그들이 개최하는 화려한 파티에 소요되는 경비의 일부만이라도 저수지 수리 예산으로 집행했다면 오늘과 같은 슬픈 사태는 일어나지 않았을 것이다.

'개에게 줄 고기는 있어도 사람에게 줄 빵부스러기는 없다더니.'

화가 치밀었지만 영주를 벌할 수는 없었다.

엘리자베스 공주가 공국의 제일 계승권자라 할지라도.


엘리자베스 공주와 그 일행은 이 마을을 뒤로하고 동부를 향해 움직였다.

그린스 마을의 재난 복구 사업은 파머슨 가문이 이어받았다.

떠나기 전 공주는 그들에게 당부를 아끼지 않았다.

그들이 공주의 당부를 어디까지 듣고 완벽하게 실천할지는 알 수 없지만 보는 눈이 있으니까 최소한의 노력은 보이리라.

그린스 마을을 떠나 몇 개의 도시와 십여 개의 마을을 지났다.

이곳에도 수새의 흔적을 목격할 수 있었다.

늦봄의 봄비가 사람들의 마음을 참으로 잔인하게 할퀴었다.

두두두두두.

"속도를 줄여라! 전방에 헤라시가 보인다!"

패트릭의 커다란 음성과 함께 일행은 속도를 줄였다.

마차 안에 있던 딕스는 상체를 창밖으로 내밀며 작은 얼굴 가득 반가움을 드러냈다.

저 멀리 중부와 동부를 잇는 관문 도시 헤라의 상앗빛 성벽.

딕스의 기억에 남아 있는 헤라의 시장은 의형으로 삼고 싶을 만큼 참 친절했었고 시가 보유한 저택 관사도 참 좋았었다.

그때 자신의 시중을 들어주던 리에와 나나라는 두 하녀가 참······.

'···굉장히 예뻤지.'

두 하녀의 얼굴이 떠오르자 딕스는 온몸이 화끈거렸다.

딕스는 턱 끝을 안쪽으로 당기며 자신의 아랫도리를 보았다.

옷 밖으로 표가 나면 어쩌나 싶어서 본 것이다.

슬프게도 표가 난다.

키는 죽어라 죽어라 노력해도 안 크는 데 비해 이놈은 콩나물처럼 잘도 쑥쑥 자란다.

콩나물이면 잘라내서 먹기라도 하지. 이건··· 소년의 내심에 한숨이 크게 터진다.

마차 안엔 세대별로 다양한 여자들이 있다.

이들에게 들킬까 봐 소년은 가슴이 조마조마하다.

'정신 차려!'

패트릭이 창문 밖으로 상체를 내민 딕스를 향해 끈끈한(?) 우정의 웃음을 보낸다.

이에 딕스도 그에 상응하는 웃음을 보내주었지만 그 웃음의 이면에는 당혹감에 물든 새빨간 사춘기 얼굴이 있었다.

털썩.

간신히 본능에서 탈출한 딕스는 아무렇지도 않다는 듯 제자리에 앉았다. 물론 바지의 불룩한 부분이 있나 살피는 것도 잊지 않았다.

마차 내부의 분위기는 한 사람으로 인해 선선(?)하다.

공주가 정신을 차린다면 좋으련만 아직 그럴 기미가 보이지 않는다.

안정되고 편안한 삶을 살아온 그녀로서는 그린스 마을의 경험은 끔찍할 수밖에 없을 것이다.

냇물, 우물, 나뭇가지, 땅속, 아무렇게나 처박힌 흉물스런 지붕에 빨래처럼 걸쳐진 시체, 시체, 시체!

당시만 해도 잘 버텨내는가 싶더니 그곳을 떠난 뒤부터 그녀는 저러고 있었다.

그녀가 비정상일까? 아니면 까마귀 고기를 먹은 듯 그린스 마을의 충격적인 재난의 현장을 잊고 일상으로 금세 복귀한 딕스가 이상한 걸까? 여기서 한 가지 확실한 건 적어도 요 맹랑한 꼬맹이는 정신적 충격에 의한 정신 질환은 걸리지 않을 것이라는 점이다.

"루시, 마차를 세워주세요."

갑작스러운 공주의 말에 다들 얼굴에 의문을 띤다.

"공주님……."

"속이 좋지 않아서 그래요. 잠시만 쉬었다가 가요."

"아, 알겠습니다."

마부석과 연결된 쪽문을 열고 루시가 마차를 세우라 말한다.

마차는 곧 멈추었다.

공주가 내리자 마차 안에 있던 자들 역시 우르르 따라 내린다. 누구도 예외일 수 없다.

공주는 작은 냇가를 향해 걸어갔다.

"딕스, 여기 앉을래?"

공주가 자신의 옆자리를 가리킨다.

시녀장이 자리를 깔아주려는 것을 마다하고 그녀는 맨 바위에 앉았다.

딕스는 냉큼 그녀의 옆자리에 엉덩이를 붙였다.

"스칼렛 경과 루시도 각자 쉬도록 하세요."

묵묵히 돌아서는 공주의 수호 기사 스칼렛이 한쪽에 자리를 잡는다.

공주에게 일이 생기면 즉각 달려올 수 있는 위치였다.

엘리자베스 공주는 무릎을 세운 뒤 그 위에 자신의 턱을 올렸다.

그녀는 한동안 침묵했고, 딕스는 그녀의 행동을 역시 침묵으로 존중했다.

갑갑하단 느낌이 들 때 공주가 입을 열었다.

"딕스."

"예, 공주님."

"네 꿈은 뭐니?"

처음이다. 누군가 자신의 꿈에 대해서 이처럼 진지하게 물어온 것은.

"별 탈 없이 잘 먹고 잘사는 건데요."

공주의 입가에 미소가 어린다.

아니, 자신의 말 어디에 그녀가 웃을 수 있는 유머 코드가 있단 말인가.

소년은 이해할 수 없었다.

"소박하구나. 딕스는……."

별 탈 없이 평생 잘 먹고 잘사는 일이 소박하다니! 이것이 얼마나 이루기 힘든 일인지 그녀는 진정 모르는 걸까? 이 바람은 비단 자신만 잘한다고 해서 되는 게 아니다. 주변(자연과 인간)에서 적극적인 협조가 있어야만 가능하다.

이를 모를 공주가 아닐 텐데.

이런 속내를 드러내 봐야 돌아오는 것은 아무것도 없을 것이다.

그러려니 하고 넘기는 게 상수다.

"그럼, 공주님의 꿈은 뭔가요?"

자신의 미래 지향적이고 긍정적인 밝은 대답이 그녀에게 영향을 주었으면 좋겠다.

하지만 우중충한 저 표정과 그녀의 신분, 그간의 대화를 통해 들었던 것들을 한데 접목시켜 보면 대답이 충분히 예상된다.

남의 일로 골머리를 앓는 건 싫다.

제 앞가림을 하기에도 바쁜 게 인생인 것을.

졸업 후 1년 뒤에나 고향에 내려갈 큰형이 무슨 바람이 불었는지 찜찜한 편지 한 장 날려주고 급거 귀향했다.

가족의 일에 찜찜한 여지를 주기 싫다.

그래서 떼 아닌 떼를 썼다.

다행히 공주님이 그 떼를 들어주었기에 망정이지 안 그랬다면 조바심을 이기지 못해 가출하고 말았으리라.

스무 살까지 소년은 가족의 안전을 최우선하며 살기로 결심했다.

가족이 모르는 불행을 그 혼자만 알고 있기 때문이다.

이렇게 앉아 있는 지금도 소년은 초조했다.

고향의 부모님과 누나와 큰형의 무사함을 두 눈으로 확인하기 전까지 가느다란 외나무다리에 서 있는 듯한 이 불안감을 결코 떨쳐낼 수 없을 것이다.

다른 일엔 스트레스 전혀 안 받는데 유독 가족의 일에는 작은 것에도 스트레스가 극심하다.

마음 같아서는 일행을 채찍질하며 재촉하고 싶지만 그건 주제넘은 짓이다.

"강력한 자주 독립국. 그게 내가 바라는 꿈……."

그 일에 공주는 평생을 매달려야 할 것이다.

강력한 자주 독립국이라니…….

제국이 두 눈 시퍼렇게 뜨고 있는 상황에선 어림 반 푼어치도 없는 일이다.

그야말로 꿈이다, 꿈!

"음, 그건 왕족으로서의 꿈 아닌가요? 공주님 개인의 꿈은 없으세요?"

전에도 그녀에게 이런 질문을 한 것 같다.

그때, 그녀는 뭐라고 했던가? 분명 들었는데…….

'이런 걸 부분 기억상실이라고 하나?'

이번엔 반드시 공주의 개인적인 꿈을 기억해 주리라 다짐하며 딕스는 두 귀를 활짝 열었다.

"왕족으로 태어난 자에게 개인의 꿈은 사치지."

그녀는 정말 서글프게 말했고 그 말에 못지않은 표정을 지었다.

비가 올 것 같다.

딕스는 그녀의 대답에 뒤통수를 한 대 맞은 듯했다.

아, 이래서 자신이 그녀의 이야기를 기억하지 못했구나! 그제야 떠오르는 딕스다.

대답 없는 그를 바라보며 공주는 말을 이어나갔다.

"딕스."

"예?"

"고맙다."

"…무슨?"

"나보다 어린 넌 그린스 마을의 참경에도 흔들리지 않았지. 너의 그런 모습을 보지 못했다면… 난 사람들 앞에서 참으로 못난 모습을 보였을 거야. 그때의 넌 내게 멋진 등대였단다. 진작 이 말을 해주고 싶었지만 그린스의 참상이 머릿속에 남아 그럴 여력이 없었구나. 딕스, 넌 어떻게 그렇게 의연하게 버틸 수 있었던 거니?"

공주의 칭찬과 질문.

칭찬에는 기분이 좋았고 으쓱했지만 이어진 질문에는 갑자기 머릿속이 복잡해진다.

작년에 수도로 오던 중 딕스는 패트릭이 도적을 죽이는 모습을 보았었다.

그때 사람이 죽는 걸 처음으로 보았다.

놀랍고 무서워야 정상인데 그 모습이 아무렇지도 않았다.

살인을 코앞에서 목격하고도 그날 아무렇지도 않게 고기까지 맛있게 먹었다.

그린스 마을의 참상 현장에서도 배정받은 음식을 남김없이 먹어치웠다.

그러고 보니 이건 열세 살 소년의 정상적인 감성이 아니다.

'내 안에… 괴물이 사는 걸까?'

예지몽 이후, 정상적인 감성이 죽어버린 게 아닐까? 그렇지 않고서야 이 일을 설명할 수는 없다.

살인과 시체에 대한 면역력이라니.

이 사실을 어찌 공주에게 일일이 설명할 수 있겠는가.

침묵수행 백 년이면 고블린도 드래곤이 된다는 말을 상기하자.

"아마도……."

"…아마도?"

"사춘기라서 그런가 봐요."

이젠 안다. 사춘기가 무엇인지 대충은.

자신은 지금 어른 남자가 되어가고 있다.

이게 그녀의 질문에 대한 대답이 되지 않음을 딕스도 알고 있었다.

이런 자신의 대답을 납득하면 그녀가 이상한 것이다.

본인도 대답하고 보니 애매한데, 어찌…

"음, 그렇구나."

한데 그녀가 납득해 준다.

배려일까 싶어 공주의 얼굴을 보려 했지만 그녀는 자리에서 벌떡 일어나 버렸다.

"괘, 괜찮으세요? 공주님."

"괜찮아져야지."

"예에?"

"나를 위로해 준 너의 유머에 보답해야지. 그리고 나의 어린 친구를 더는 걱정시키고 싶지 않아. 오는 내내 내 눈치를 살피던 너에게 미안하기도 하고."

그녀는 납득을 한 것이 아니라 어린아이의 노고(?)에 치하와 배려를 하고 있었다.

뭐, 이러면 어떻고 저러면 어떤가? 그녀가 더 이상 흔들리지 않겠다는데.

'이제 눈치 안 봐도 되겠구나.'

속도를 좀 더 높여 고향으로 갈 수 있겠구나 싶었다.

공주를 따라 마차로 가던 중 딕스는 반짝이는 수면을 보게 되었다.

저 아름다운 물이 한순간에 돌변하여 무서운 흉기가 된다.

그리고 그 흉기를 다루기 위해 자신은 마법사가 되려고 한다.

살인과 시신에 대해 무감각한 자신이 저 위험천만한 무기를 손에 넣는다면…….

먼 미래의 일일 것이고 아직은 이른 생각이다.

마력 문장의 완성은 아직도 막막하기만 하다.

'스무 살 전에 마법사가 되면 좋을 텐데.'

그렇게 되기를 바라보지만 이룰 수 있을지는 장담할 수 없다.

딕스는 냇물을 향해 팔을 뻗고 손바닥을 장난처럼 활짝 펼쳤다.

작은 물 덩이 하나가 그의 손으로 날아온다.

공중에 떠 있는 물 덩이에 입을 댄 소년은 이를 단숨에 마셔 버렸다.

"역시 물은 뽑아 먹어야 제 맛이라니까. 히히."

물을 다루는 소년의 능력은 그린스 마을을 거친 이후 비약적으로 발전했다.

딕스는 자신의 대단함을 아직 인식하지 못하고 있었다.

영악하지만 반대로 세상을 너무 신중하게 바라보는 경향이 강했기에 소년에게서 아직 자부심이라 할 만한 것은 싹도 보이지 않는다.

"딕스, 어서 와."

"옙!"

그는 마차를 향해 뛰어간다. 힘차게.

그러다 튀어나온 돌부리에 걸려 보기 좋게…

쫘당.

"으악! 팔… 팔 부러졌다!"

수수깡처럼 똑 부러진 팔.

놀란 일행이 딕스를 향해 몰려들었다.

보아라! 별 탈 없이 잘 먹고 잘사는 게 이렇듯 힘들다.

인생엔… 복병이 너무 많다.

'아퍼. 히잉.'

딕스의 입에선 연방 앓는 소리가 끊이지 않는다. 도도한 물줄기처럼.

"그리 넘어졌다고 팔이 부러질 수 있나?"

신기하다는 눈으로 그의 팔을 바라보는 엘리자베스 공주와 그녀의 시녀장 루시, 그리고 공주 이외엔 매사에 무관심한 삭막한 여기사 스칼렛 르 헬싱 경까지 관심을 보인다.

딕스는 똥줄이 탈 만큼 몹시 아팠다.

졸지에 사람들의 구경거리가 된 그는 분했지만 이를 내색할 수는 없었다.

저들 모두 자신보다 다 잘난 사람이기 때문이다.

자신감과 자부심이 벼룩의 눈곱만큼도 없는 딕스였다.

사람의 팔은 쉽게 부러지지 않는다.

물론 쉽게 부러지는 경우도 있지만 그런 경우는 흔히 찾아볼 수 없다.

인간의 팔이 와인 잔도 아니고.

"저도… 황당해요. 공주님."

"조금만 참아. 포션이 도착하면 금세 나을 거야."

엘리자베스 공주의 말에 딕스는 감격했다.

포션이란 상급 몬스터의 정제된 혈액이 들어가는 고가의 치료제로써 질병을 제외한 내외상에 특효를 발휘한다.

딕스의 부러진 팔을 위해 공주는 고가의 포션을 사오도록 지시했다.

이제나저제나 애타는 심정으로 포션만 기다리는 소년이다.

"감사합니다. 공주님. 보잘것없는 절 위해 그 비싼 포션을……."

"미안하지만… 그건 네가 부담하는 비용이야. 그린스 복원 사업에 돈을 너무 많이 써버렸거든. 다음에는 내가 살게. 꼭!"

부러진 팔의 고통이 만만치 않다.

그럼에도 소년은 얼굴 한 번 찡그리지 않고 내내 웃었다.

그럴 수밖에 없는 것이 웃지 않으면 사람들이 자신을 오해하고 싫어하기 때문이다.

아이러니하게도 딕스의 이러한 태도를 사람들은 사내답고 의연하다! 라고 생각하며 호감을 느꼈다.

단점을 보완하자 오히려 이것이 장점이 된 긍정적인 경우다.

의미심장하고 불길한 말을 공주의 아름다운 입술에서 들은 것 같다! 라는 생각에 딕스의 웃음 진 얼굴이 그 상태 그대로 일정 시간 굳어버렸다.

놀란 와중에도 웃음을 잃지 않는 소년의 표정 관리 능력이 이젠 경지에 이르러 있다.

소년의 눈매가 마치 등을 세운 초승달처럼 변한다.

괴롭고 놀랍고 황당하고 슬프고 할 때 더 크게 웃어라!

지금 소년은 놀라움과 황당함과… 상실의 충격에 뒤통수를 얻어맞았다.

소년의 두 눈은 완벽히 실눈이 되어 있었다.

그만의 더 크게 웃는 방법이다.

"딕스는 그 눈일 때가 참 예뻐. 호호."

공주가 말한다.

"그러게요. 저 눈 참 신기하고 귀엽네요. 공주님."

좋아 넘어가는 표정으로 시녀장 루시가 말한다.

그리고 공주의 신변을 보호하는 일 외에는 전혀 관심조차 주지 않던 과묵하고 삭막한 냉정녀 스칼렛, 차갑고 도도한 그녀의 표정이 한바탕 크게 꿈틀거렸다.

그건 사랑스럽고 귀여운 것을 본 여자들이 주로 잘 짓는 웃음이다.

이제까지 딕스를 소 닭 보듯 대하던 여기사가 처음으로 그에게 개인적인 감정이 담긴 반응을 보였다.

이는 엄청난 일이다.

공주의 수호 기사 스칼렛을 아는 자들이라면 누구나 인정할 것이다.

하지만 딕스에게 저들의 반응은 전혀 즐겁지도 반갑지도 않았다.

포션을 공주의 돈이 아닌 자신의 돈으로 사야 한다는 그 말이 너무 충격적이었기 때문이었다.

포션 한 병의 가격은 15골드로, 딕스가 매달 받는 급료의 딱 절반이다.

진작 이 사실을 알았다면 일반 병원에서 치료를 받았을 것이다.

3골드면 충분하다 못해 넘친다.

3골드, 이 돈을 다 자신이 내느냐! 결코 아니다.

왕실에 소속된 근위기사대와 재능자는 의료 보조금 적용 대상자로서 치료비의 70%까지 지원받는다.

치료비가 3골드면 실제 나가는 돈은 1골드도 안 되는 것이다.

안타깝게도 포션은 의료 보조금 지급 품목이 아니다. 너무 고가여서.

'이……. 무급 휴가라서 두 달은 손가락만 빨아야 할 상황인데.'

참고로 알뜰한 공국의 재정부는 소년이 신청한 휴가를 무급으로 처리했다.

공주의 빽(?)은 전혀 없었다.

선택도 결과도 오로지 당사자가 책임져야 한다.

성년, 미성년자 따위에 구분을 두지 않는 냉정한 공국의 법이다.

딕스는 깊은 후회와 처절한 슬픔을 느꼈다.

"치, 칭찬 감사합니다."

"조금 있으면 패트릭 경이 올 거야."

"공주님, 다녀왔습니다."

공주의 말이 끝나기를 기다렸다는 듯 패트릭의 목소리가 문밖에서 들려온다.

참고로 공주 일행이 묵고 있는 곳은 헤라시의 관사 저택이다.

딕스에게 깊은 인상을 남겼던 헤라시의 시장은 현재 휴가 중이라 그를 만나지는 못했다.

그 사실을 알았을 때 딕스는 절망감에 몸부림쳤었다.

그때의 후유증인지 근육통이 생겼다.

수도를 떠난 이후 하나에서부터 열까지 제대로 되어가는 일이 없다.

'첩첩이 불행이네.'

고향으로 가는 길이 진심으로 무서워진 소년이었다.

*      *      *

숨 쉬는 것도 조심조심해야 했다.

몸에 진동을 주는 미약한 행위에도 팔이 떨어져 나갈 것처럼 아팠다.

한데 그 아팠던 팔이 포션 반병에 말끔하게 나아버렸다.

사람들이 기적의 물약이라고 했던 것이 거짓이 아니었음을 딕스는 몸소 체험했다.

포션 바른 남자.

이 럭셔리한 대열에 딕스도 합류했다.

딕스는 관사 저택을 나섰다.

그의 호위를 위해 기사 하일스가 따라붙었다.

소드익스퍼트를 호위로 대동하고 있으니 든든함이 이루 말할 수 없다.

헤라시 마도의 탑.

"반갑습니다, 고객님. 헤라시 마도의 탑에 오신 걸 환영합니다."

마도의 탑 정문 안내인들의 멘트는 어쩜 이리도 똑같을까. 몰개성의 전형이다.

하지만 저들의 인사에 일일이 반응하고 신경 쓰는 자들은 없다.

개성 없는 안내인의 멘트처럼 마도의 탑 내부 역시 판박이다. 고객의 편의를 위해서다.

쓸데없이 헤매지 말고 돈 빨리 맡기고 집에 가라는 의미인 것이다.

"어서 오십시오, 고객님."

아름다운 여직원의 환대를 받으며 딕스는 자리에 앉았다.

그가 찾은 곳은 마도 통신소.

"통신 사서함을 확인하려고요. 확인 부탁합니다. 여기 입금표입니다."

이 서비스는 발신자의 요청에 따라 수신자의 편지를 받아서 사서함에 보관했다가 요청자가 열람하는 서비스다.

고가의 이 서비스를 딕스는 얼마 전에 큰맘 먹고 신청했다. 날짜 계산을 해보니 헤라시에서 확인할 수 있을 것 같아 저녁 먹기 전에 짬을 내어 마도의 탑으로 온 것이다.

부디 집에 별일 없기를……. 조마조마한 심정을 내심 지울 길 없는 소년이다.

"잠시만 기다리세요. 고객님."

여직원이 딕스가 내민 입금표를 갖고 우측 문 안으로 사라진다.

딕스는 그녀가 올 때까지 주변을 둘러보며 기다렸다.

얼마 후, 닫혀 있던 그 문이 열리고 예의 그 여직원이 입금표를 도로 갖고 나왔다.

"고객님, 사서함은 비어 있습니다."

이리 말하며 입금표를 다시 내미는 여직원.

딕스의 얼굴이 급격하게 어두워졌다.

집에 기별을 넣었는데도 아직 소식이 없었다.

이건 소식을 넣을 수 없을 만큼 긴박한 일이 벌어졌음을 의미하는 게 아닐까? 두근두근.

말끔하게 다 나은 팔이 다시 부러진 듯 아파온다.

기분 탓이다.

무거운 심정으로 마도의 탑을 나선 딕스는 기분을 다스리기 위해서 잠시 걷기로 했다.

기사 하일스가 딕스의 뒤를 말없이 따른다.

"악! 사, 살려주세요! 도와주세요. 엉엉엉."

고민에 잠겨 걷던 딕스는 이 소리에 깜짝 놀라 걸음을 멈추었다.

예쁘장하게 생긴 소녀가 우락부락한 남자들에게 잡혀 질질 끌려가고 있었다.

주위의 사람들은 이를 보고도 다들 모른 척 고개를 돌렸다.

괜한 시비에 휘말려 피해 보기 싫다는 뜻이다.

딕스 역시 괜한 시비에 휩쓸리고 싶지 않았다.

그래서 모른 척하려고 했는데…….

'어? 리에 씨네.'

이전 자신의 수발을 들어주었던 예쁘장한 얼굴만큼이나 몸매와 각선미가 예술이던 두 소녀 중 한 소녀가 곤경에 처한 것이었다.

관사 저택에 일하는 자들에게 두 사람에 대해 물었지만 다들 모른다며 고개를 내저었다.

한데 그 소녀가 지금 대로에서 웬 남자들에게 질질 끌려가고 있었다.

모르는 사람이라면 모를까, 아는 사람이 곤경에 처해 있다.

기사 하일스가 뒤에 있으니 정의감을 발휘해도 괜찮을 것이다.

재빨리 계산을 마친 딕스는 놈들의 앞길을 당당하게 막았다.

"멈춰라!"

남자들은 어이없다는 표정으로 오히려 딕스에게 큰소리다.

"뭐야? 쥐방울만 한 새끼가 어따 대고 반말이야!"

"눈깔에서 잉크 물 쪽 뽑아버리기 전에 눈깔 내리깔고 찌그러져라."

"요즘 애새끼들은 똥간에 개념을 처싸고 돌아다니나. 내 참 기가 막혀서."

개성 넘치는 세 녀석들의 반응에 딕스는 울컥했다.

왕실 마법부를 상징하는 이 파란 관복이 저들 눈에는 보이지 않는단 말인가.

수도에서 이 관복을 입고 다니면 한 수 양보는 기본으로 받았었는데 역시 지방이라 까막눈이 많구나! 라고 생각하는 딕스다.

그렇다고 여기에 꿀릴 그가 아니다.

뒤에는 소드익스퍼트 기사인 하일스가 신속한 출동 준비를……!?

'……?!'

있어야 할 그가 보이지 않는다. 이 무슨 참담하고 막막한 현실이란 말인가!

"아! 고, 공자님!"

딕스를 단번에 알아본 리에의 얼굴에 희망의 무지개가 아름답게 걸려 있다.

그녀와 달리 딕스는 죽을 맛이었다.

'대체 이 사람 어디 간 거야?'

신전에 가서 헌금 좀 해야 연속되는 이 불운이 걷힐까? 최근 들어 해도 해도 너무하다 싶은 일들만 중첩된다.

"공자라고? 흠, 귀족가의 자제요?"

쥐방울, 눈깔… 똥간에 개념을 처싸고 돌아다니는 꼬맹이로 부르며 초반 대놓고 무시하던 자들이 리에의 호칭 한마디에 대번 분위기 전환을 보인다.

공왕에게 직접 훈작의 작위를 하사받았다.

반쪽짜리이긴 하지만 평범한 영주나 대귀족에게 하사받은 훈작과는 급수가 다르다. 그리고 자신은 재능자가 아닌가.

이 모든 것이 다 자신의 것이지만 저자의 질문에 대한 답으로 '그렇다' 라고는 답할 수 없었다.

귀족 사칭은 중죄이기 때문이다.

"너희는 누구인데 백주에 아녀자를 납치하는 것이냐! 내 공왕 전하께 벼슬을 받은 관인으로서 결코 이를 묵과할 수 없도다!"

"관인?"

"그렇다. 왕실 마법부에 소속된 재능자가 바로 이 몸이시다! 당장 너희가 잡고 있는 여자를 풀어주지 않을 시 혹독한 대가를 치르게 될 것이다."

기사 하일스가 자신의 목소리를 듣고 빨리 와주길 빌면서 딕스는 목청을 높였다.

"이 어린 새끼가 미쳤나. 그럼 왕궁에 있어야지 왜 여기 있어. 이 어린놈의 새끼가 아무래도 제정신이 아닌가 보다."

딕스와 말을 섞고 있던 남자가 좌측에 있는 남자에게 눈짓한다.

그러자 이 남자가 앞으로 튀어나오며 딕스의 멱살을 움켜잡는다.

그 힘에 위로 끌려간 딕스의 두 다리가 허공에서 대롱거린다.

"컥! 나… 나 진짜야!"

숨이 꼴딱꼴딱 넘어가는 목소리로 딕스는 겨우 소리쳤다.

남자는 이참에 딕스의 숨통을 완전히 끊어버릴 심산인지 손에 힘을 풀지 않았다.

이러다 죽을지도 모른다는 생각이 딕스의 뇌리를 스쳤다.

연이어 자신을 찾아온 불행을 떠올려 보라.

이 시간부로 요단강 뱃사공을 인맥에 추가할 수도 있으

리라.

일단 놈의 손에서 벗어나야 한다. 하지만 어떻게? 딕스의 얼굴이 위로 향한다.

베란다 화분에 누군가 물을 주고 있는 모습이 보인다.

리에는 울며불며 사람들에게 도움을 청했다.

하지만 아무도 나서지 않는다.

행인들의 안전 우선주의가 이제는 소름 끼치도록 무섭기까지 하다.

지이이이잉!

물의 핵 오메가가 움직인다.

핵은 소년의 의식에 구축된 마나 저수지에서 힘을 끌어다 쓴다.

그 힘은 소년의 의식을 넘어 현실에서 힘을 발휘한다.

화분으로 떨어지던 물과 화분이 머금고 있던 물이 결합했다.

덩어리진 그 물 덩이는 곧장 소년의 숨통을 끊어놓을 듯 먹살잡이를 한 남자의 얼굴을 덮어버렸다.

남자는 대경했다.

얼굴과 머리통이 물 덩이 안에 갇혔으니 어찌 놀라지 않겠는가.

이 남자의 두 동료와 주변에서 구경만 하던 비겁한 행인들 역시 깜짝 놀란다.

털썩.

딕스는 남자의 멱살잡이에서 간신히 풀려났다.

바닥에 엉덩방아를 세차게 찧은 게 아팠지만 죽다 살아난 주제에 불만을 터뜨릴 수는 없었다.

마른기침을 격렬하게 토해내며 소년은 천천히 몸을 일으켰다.

물의 오메가 핵은 소년의 의지에 따라서 여전히 활발하게 움직였고 그 움직임은 딕스의 멱살을 잡았던 남자의 얼굴을 여전히 감싸고 있는 것으로 나타났다.

남자는 물 덩이를 떼어내려고 별의별 짓을 다했지만 헛수고였다.

이 남자의 동료들이 구하려고 노력했지만 그것도 허사였다.

남자의 얼굴을 감싼 물은 전혀 줄지도 않고 형태가 일그러지지도 않은 채 남자를 더욱더 고통스럽게 죽음으로 몰아가고 있었다.

"이리 와요!"

딕스가 리에를 향해 소리치자 그녀는 무작정 그를 향해 뛰어왔다.

그녀를 뒤로 숨긴 딕스의 얼굴이 흉측하게 일그러졌다.

웃음기를 거둔 소년의 얼굴은 지옥에서 막 지상계로 상경한 작은 악귀를 닮아 있었다.

주변에 물이 있다! 눈이 아닌 육감으로 소년은 느낀다.

출렁출렁.

지금 그 물을 움직인다.

'개자식들! 다 죽여 버리겠어!'

죽음의 고통을 느꼈다.

예지몽에서 죽음을 경험했지만 그건 제삼자의 눈으로 본 것뿐이지 지금처럼 생생하게 느껴보긴 이번이 처음이었다.

격분한 딕스의 의지를 전달받은 물의 핵이 또다시 움직인다.

그동안 그가 확장시킨 마나 저수지가 핵의 명령에 따라 펄펄 끓었다.

와장창!

딕스를 중심으로 사방 20미터 이내에 존재하는 모든 물들이 호응했다.

온갖 형태의 용기에 든 물이 그 용기를 일제히 깨부수며 노도처럼 움직였다.

그렇게 움직인 물들이 딕스의 머리 위 상공에 뭉쳐서는 위협적인 모습으로 지상을 노려보았다.

이를 목격한 자들의 얼굴이 파랗게 질렸다.

겁에 질린 자들은 감히 입도 벙긋하지 못했다.

물 덩이를 얼굴에 뒤집어쓴 남자는 더 이상 움직이지 않았다.

하지만 아무도 이 남자에게 관심을 두지 않는다.

딕스의 명령을 기다리는 듯한 물 덩어리만 보는데 다들 정신이 팔려 있었다.

이 땅에 수많은 물의 견습 마법사가 등장했지만 감히 단언하건대 견습 마법사의 힘을 이처럼 강력한 살상 무기로 쓴 자는 전무했다.

소년은 지금 물의 견습 마법사로서 신기원을 펼쳐 보이고 있었다.

"내가 물로 보이냐! 이 나쁜 새끼들아!"

\*          \*          \*

대외적으로 동북부 순찰사의 임무를 맡은 엘리자베스 공주의 호위를 위해 왕실 근위기사대에서 아홉 명의 기사가 차출됐다.

장차 왕국—지금은 공국이지만—의 미래를 책임지실 고귀한 이의 호종 업무에 선발된 기사들에겐 명예롭고 영광스러운 일이었다.

기사 하일스 역시 이번 임무를 평생을 간직할 영예로운 일이라고 생각했다.

그렇게 출발한 여정은 별 탈 없었다.

그린스 마을에서 발생한 홍수가 모두의 생명을 앗아갈 뻔했지만 다행히 그 엄청난 재해 속에서도 모두가 무사할 수 있었다.

끔찍한 그 사건은 천재지변이 아닌 인재로 밝혀져 깊은 충격을 안겨주었다. 여기에 공주까지 죽을 뻔했으니 사안도 이만하면 보통 사안이 아니었다.

한데 막상 처벌의 뚜껑을 열고 보니 그린스 홍수 사태의 책임을 져야 할 고위 인사는 모조리 빠져 나가고 서류 분류 작업과 심부름을 하던 하급 문관들만 직무 유기의 책임을 지고서 전원 참수당하는 것으로 일은 그렇게 급히 마무리되었다.

이와 같은 부실한 처벌은 친제국파 귀족인 체스터 백작의 위상과 영향력이 크게 작용했다는 후문이다.

이 나라의 기사로서 분하고 억울한 일이 아닐 수 없었다.

어쨌든 그 일 이후 일행은 중부와 동부를 잇는 관문도시 헤라까지 탈 없이 무사히 도착할 수 있었다.

아니, 딱 한 명 엄청난 인명 피해와 재산 피해가 발생한 그린스에서도 털끝 하나 다치지 않았던 억세게 운 좋았던 소년이 그만 여기서 팔뼈가 부러지는 사고가 발생했다.

한데 그 소년의 불운은 거기서 끝이 아니었다.

길옆 벤치.

"딕스 경, 일어나시오."

기절한 소년을 내려다보는 하일스의 얼굴에 난감한 기색이 역력하다.

마도의 탑을 나온 이후 내내 우울해하던 소년이 걱정되어 기분 전환을 시켜줄 겸 벌꿀 케이크를 사주려고 했다.

그래서 상점 입구에서 기다리라는 말을 했고 소년은 알았다고 대답했다.

이것저것 사느라 시간을 조금 지체했지만 그리 걱정은 하지 않았다.

소년이 입구에서 기다린다고 했었으니까.

한데 가게에서 나와 보니 소년은 그 어디에도 없었다.

뭔가 나쁜 일이 생긴 게 아닐까 싶어 걱정되는 마음에 미친 듯이 이리저리 쫓아다니다 웬 불량배에게 멱살이 잡혀 고장난 관절 인형처럼 덜렁거리며 기절한 소년을 발견할 수 있었다.

팔뼈가 부러진 지 하루도 안 지나 멱살잡이를 당하고 기절한 소년.

참고로 멱살은 잡는 방법에 따라서 피해자의 정신을 순식간에 빼놓을 수도 있고 죽일 수도 있다.

불량배는 멱살잡이에 능통했고 소년은 그자의 기술에 순식간에 제압당하고 말았다.

하일스가 제때 그곳에 도착하지 않았다면 딕스의 처지는…….

"나리, 여기 물 가져왔습니다."

얼굴이 눈물 자국으로 범벅인 아름다운 소녀가 숨을 거칠

게 몰아쉬며 하일스에게 물통을 내민다.

"수고했네. 리에 양."

얼른 물통을 받아 든 하일스는 의식을 잃은 딕스에게 물을 뿌렸다.

그 순간 꿈쩍도 안 하고 있던 소년이 벌떡 일어나더니 두 눈을 희번덕거리며 버럭 고함부터 내질러댔다.

"내가 물로 보이냐! 이 나쁜 새끼들아~!"

머~ 엉!

기사 하일스와 리에는 소년의 악에 받친 우렁우렁한 고함 소리에 깜짝 놀랐다.

완전히 정신을 차리지 못한 딕스의 몸이 크게 휘청거린다.

이 모습에 대경한 하일스가 급히 그를 부축했다.

소년은 부드러운 풀과 흙이 있는 곳에서 자빠져 팔뼈가 부러졌었다.

하물며 딱딱한 바닥에 떨어진다면 불운으로 똘똘 뭉쳐진 이 소년이 어찌 되겠는가.

"딕스 경, 괜찮소? 딕스 경, 내가 보이시오?"

하일스를 확인한 딕스는 그의 품속에서 두 눈만 끔뻑거린다.

"하일스 기사님… 언제 오셨어요? 아니지, 참 내가 박살 낸 그놈들은……?"

그의 품에서 벗어나 주변을 살펴보니 환경이 너무 달라져 있다.

좀 전까지만 해도 이런 풍경이 결코 아니었다.

자신은 분명 마법의 힘을 사용하여 주변의 물을 모조리 끌어와 거대한 물 덩이를 만들어 머리 위에 띄워놓았고, 이를 보고 겁에 질린 악당들을 징벌하기 위해 막 움직이려던 찰나 머리 위에 띄워놓았던 물 덩이가 놈들이 아닌 자신을 갑자기 덮쳤다.

생생하게 기억하고 있었고, 눈도 깜빡이지… 물을 뒤집어썼을 때 잠깐 감았다.

그때뿐이었다. 그것도 잠시였다.

눈을 깜빡이고 떴을 뿐인데 악당은 안 보이고 제 안위만 챙기기에 급급했던 이기적인 행인들도 보이지 않는다.

대체 이 무슨 황당한 조화 속이란 말인가.

"…여긴 어디죠?"

무엇인가 대단히 잘못됐다.

딕스가 이를 깨닫는 것은 오래 걸리지 않았다.

자신을 바라보는 두 남녀의 시선이 깨달음의 원동력이 되어주었다.

불치병 환자를 바라보는 듯한 동정 가득한 저 눈빛들.

"딕스 경, 기억나지 않소? 여기 리에 양을 끌고 가던 불량배에게 멱살이 잡혀 기절했었는데."

그의 설명에 딕스는 그 순간 황당함을 금치 못해 그저 두 눈만 끔뻑거렸다.

기억의 파편들이 되살아나 완벽한 하나의 그림이 된다.

불량배가 자신의 멱살을 잡고 들어 올렸다.

그 순간 놀라울 정도로 숨통이 콱 막혔고, 이를 견디다 못해 고개가 뒤로 젖혀졌다.

그때부터 모든 게 꿈이었나 보다. 하지만 너무 생생했는데.

딕스는 처음부터 끝까지 상황을 지켜본 리에에게 물었다.

리에는 걱정 가득한 표정으로 말해주었다.

멱살을 잡히자마자 정신이 반쯤 풀린 자신을 보았고, 고개가 뒤로 젖혀지자마자 움직이지 않았다고 했다.

한마디로 멱살이 잡힌 순간부터 그 모든 게 현실이 아닌, 꿈이었다는 이야기다.

'아씨, 나… 왜 이래?'

괴로워하는 소년을 남녀가 측은한 눈빛으로 본다.

특히 하일스의 눈빛이 더 진하다. 소년이 최근 겪은 불운을 모두 알고 있었기에.

기사의 손이 소년을 위로하기 위해 그 작은 어깨로 향한다.

하지만 막상 그 어깨를 토닥이지 못한다. 혹시라도 이 격려의 충격을 그가 이겨내지 못할까 싶어서였다.

사람의 몸뚱이가 생크림을 듬뿍 바른 케이크가 아닐진대, 지나치게 조심하는 기사였다.

"딕스 경, 갑시다. 다들 걱정하실 테니."

"아… 예. 참, 하일스 기사님."

"……?"

"오늘 일은 비, 비밀로 해주세요."

풀 죽은 목소리로 부탁하는 소년의 청을 기사는 그러마 하고 받아들인다.

안도한 소년의 눈길이 난감해하는 소녀에게로 향한다.

그녀는 저택 일을 그만두었으니 함께 갈 이유가 없었다.

"리에 씨는 어쩔 건가요?"

딕스의 입에서 이 말이 떨어지기 무섭게 소녀의 몸이 와르르 무너진다.

소년을 향해 무릎 꿇은 소녀는 서럽게 울며 애절하게 하소연했다.

그녀의 사연은 이러했다.

제국에 직장을 알선한다는 업체의 광고를 보고 찾아갔다가 선금 명목으로 돈을 받았는데 그게 고리채였다고 한다.

그녀는 자신도 모르게 고리채를 쓰게 된 것이다.

이를 알자마자 당장 갚으려고 했지만 놈들이 온갖 핑계를 대고 돈을 받지 않았다고 한다.

그렇게 하루 이틀이 지나자 이자는 눈덩이처럼 불어나 놈들이 달라고 할 때는 돈이 모자라 주지 못했다고 했다.

그녀는 하마터면 오늘 제국에 팔려갈 뻔했다.

중간에 딕스를 만나지 못했다면 그녀는 제국 남자들의 노리개로 평생을 비참하게 살았을 것이다.

이야기를 다 들은 딕스는 법에 호소하지 않은 그녀의 대처가 어리석었다고 나무랐다.

그러자 그녀의 입에서 돌아온 대답은 빚을 갚으면 되지 않느냐! 라는 관인들의 냉담한 태도가 전부였다고 한다.

관인들이 나쁠까? 그녀의 말만 들어보면 분명 그들은 직무유기로 처벌받아 마땅하다.

하지만 관인들의 속사정을 안다면 이런 말은 쏙 들어갈 것이다.

제국과 공국이 맺은 불평등조약 제1항, 제국인의 처벌은 제국의 법정에서만 할 수 있다.

공국의 귀족이라는 일부 작자들이 앞장서서 이 조약을 성사시켰다.

이 조약의 철회는 제국이 선언하거나, 아니면 공국이 제국과 선전포고를 통해 무효화시키는 수밖에 없다.

이 두 가지 다 당장은 불가능한 공국의 슬픈 현실이다.

*　　　*　　　*

저녁 식사 전에 도착한 딕스는 엘리자베스 공주와 겸상했다.

공주와의 겸상은 쉽게 누릴 수 없는 호사다.

딕스는 이러한 호사를 여정 내내 누리고 있었다.

공주는 다른 이들과도 겸상을 원했지만 다들 정중히 사양했다.

이는 그녀의 수호 기사인 스칼렛도 마찬가지다.

넙죽 그녀와의 겸상을 받아들인 딕스는 이 일로 인해 장차 깐깐하고 빡빡한 궁중 예절 교육관의 재교육을 받지 않을까 걱정했다.

하지만 어쩌겠는가! 이미 엎질러진 물인 것을.

"덥지 않아? 이 날씨에 목 티라니."

불량배 녀석의 손자국이 목에 찍혀 있었기에 목 티로 이를 가릴 수밖에 없었다.

"감기 기운이 있는 것 같아서요."

"넌 너무 몸이 약한 것 같아. 수련도 중요하지만 체력 단련도 하도록 해. 그리고 승마도 배워두고."

"예, 그리하겠습니다. 저기… 공주님."

"응?"

딕스는 리에의 일을 말해야 할지 말아야 할지 고민했었다.

그녀가 이 나라의 공주라곤 하지만 국가 간에 맺은 조약을 그녀의 힘으로 거스르기는 무리다.

저택으로 돌아오면서 딕스는 하일스로부터 양국 간에 맺은 불평등조약에 대해 들었다.

이를 설명하는 하일스의 태도는 내내 분개해 있었다.

그때, 딕스는 불량배들이 떠올랐다.

정확하게 말하면 놈들의 국적이다.

만약 놈들의 국적이 공국이라면 그놈들을 박살 내버리면 된다.

그리되면 제국인 포주와 여자들을 연결하는 고리가 자연 끊어질 테니 리에를 비롯해 다른 여자들도 안전할 수 있겠다 싶었다.

이에 딕스는 하일스에게 불량배들의 국적을 알아봐 달라 부탁했고 기사는 이를 흔쾌히 수락했다.

그러니 하일스가 돌아오기 전까지 딕스는 자신의 목에 난 손자국을 공주에게 들키면 안 된다.

식사를 끝마친 딕스는 공주에게 핑계를 대고 자신의 방으로 곧장 올라가 버렸다.

평소와 다른 소년의 행동에 공주는 잠시 섭섭함을 내비쳤지만 곧 거두었다.

"그게 꿈이라니…… 이렇게나 생생한데."

물 덩이로 불량배의 얼굴을 감싸 무력화시키는 한편 다른 두 녀석을 향해 분노를 터뜨리며 주변의 물들을 끌어들였다.

그때의 그 느낌은 잊을 수 없다.

한데 그게 완벽한 꿈이란다.

'그 느낌이 이랬던 것 같은데.'

하일스가 돌아오기 전까지 특별히 할 일도 없었기에 딕스는 꿈에서의 그 느낌을 되살려 방 안에 있는 물들을 움직일 수 있는지 실험해 보았다.

당연하게 눈에 보이는 물은 움직일 수 있었으나 보이지 않는 꽃병이나 주전자에 든 물은 움직일 수 없었다.

역시 꿈이었나 보다.

실망할 이유가 없는데도 차오르는 이 아쉬움은 그 힘의 운영 방식이 그의 마음에 쏙 들었기 때문이었다.

마법사가 되기 전까지 자신을 지킬 유용한 비밀 무기가 될지도 모를 그 기술.

침대에 몸을 날린 딕스는 이불의 포근함에 몸이 침몰하는 기분을 느꼈다.

그렇게 편안한 기분에 몸을 내맡기려던 그의 나른한 눈빛이 갑자기 번갯불처럼 번쩍거렸다.

스프링처럼 벌떡 일어선 그의 눈길이 화분을 향했다.

느낌만 좇아 물을 움직이려 했다.

하지만 그전에 해야 할 중요한 무언가를 빼먹었다.

똥을 싸지도 않았는데 휴지로 미리 닦고 일어나 버린 것이다.

물의 핵을 움직이지 않았던 것이다.

'집중!'

의식에 완성된 마나의 저수지에 잠겨 있는 핵을 먼저 부상시킨다.

마력 문장을 그릴 때와 같은 방식으로 그리고 그 핵을 통해 자신의 마나를 움직인다.

핵과 연결된 마나는 제삼의 눈이 되어 모든 벽을 관통하여 물을 찾는다.

볼 수 있는 물은 움직일 수 있다.

핵을 통해 만들어진 마나의 눈은 곧 물체를 움직일 수 있는 손이기도 하다.

딕스는 지금 전에 볼 수 없던 열의와 의욕을 보이고 있었다.

이를 익혀놓으면 비장의 한 수를 가지는 것이다.

'눈을 감아보자.'

눈을 내리감은 소년은 오로지 핵을 통해 움직이는 마나의 눈에 의식을 집중했다.

화병을 통과할 수 있을까?

마나의 눈이 화병의 벽과 부딪친다.

하지만 벽을 때린 고무공처럼 튕겨 나간다.

재차 시도해 본다.

도자기 화병은 철벽처럼 뚫리지 않는다.

딕스는 끊임없이 저 벽을 향해 마나의 눈을 보냈다.

튕겨나가는 횟수가 기하급수적으로 늘어나자 이에 못지않게 오기가 딕스의 내부에서 무럭무럭 생겨났다.

방대한 의식의 마나 저수지가 점점 줄어든다.

일반적인 재능자에 비해 마나 양이 월등히 많은 소년이다.

그 많은 양을 쏟아붓고도 소년은 끝내 성공하지 못했다.

'그래, 한번 해보자 이거지!'

화병을 원수처럼 쏘아보며 마나의 저수지를 재충전한다.

충전이 끝나자 바닥에 내려가 있던 핵을 다시 부상시킨다.

그리고 다시 시작된 벽 뚫기 작업!

때리고, 때리고, 또 때린다.

짜증 나게도 그 벽은 여전히 끄떡도 하지 않는다.

이 일은 불가능한 일인가라는 의심이 콩나물처럼 쑥쑥 자란다.

꿈속에서의 일에 집착하는 자신이 갑자기 우스워 보인다.

허상을 좇는 듯한 기분이 들자 딕스는 이 일을 포기하기로 했다.

한데 그 순간 패트릭의 말이 뇌리를 스쳐 지나갔다.

큰형 테일에게 도움이 될까 싶어 이미 경지에 이른 패트릭에게 검에 대해서 물었다.

그때 패트릭은 분별에 대해서 진지하게 이야기해 주었다.

그 요체는 이렇다.


나와 검을 분별하지 않아야 한다.

뜬구름 같은 패트릭의 말을 소년은 이해하지 못했었다.

그냥 그 말을 기억해 뒀다가 후일 테일을 만나 기사의 말을 그대로 전해주었다. 그러자 테일은 충격을 받은 얼굴로 한동안 멍을 때리다 갑자기 어딘가로 뛰어가 버렸다.

소년은 지금 그때 무작정 뛰어가던 자신의 큰형이 이런 마음이지 않았을까 싶었다.

쿵쿵쿵쿵—!

향기롭고 달콤한 이 깨달음을 잡기 위해서 소년은 깊은 집중에 빠져들었다.

보인다.

저기… 이제 손만 뻗으면 실마리를 잡을 수 있다는 확신이 든다.

딕스는 환호하려는 자신을 꾹꾹 억누르며 패트릭의 깨달음을 자신의 방식으로 재해석하여 자신의 것으로 소화시키고 있었다.

조금만 시간이 더 주어진다면… 악당들을 혼내주던 그 비술을 사용할 수 있을 것 같았다.

하지만 불운은 아직 소년을 떠나지 않고 그의 주위에서 머물고 있었다.

"딕스 경!"

기사 하일스……

그는 소년이 오늘 세 번째로 만난 불행이 되고 말았다.

슬프다.

참담하다.

괴롭다.

다 잡은 물고기를 손에 들고 자랑하다 놓친 경박한 낚시꾼의 심정이다.

싫다… 헤라시가.

# 제7장

전대미문의 견습 마법사(2)

개인은 자신의 이익을 위해 제 주변을 살피며 일을 신속하게 도모하나 집단은 힘의 역학 관계를 면밀히 검토한 뒤 분명한 확신이 섰을 때 비로소 움직인다.

이러한 이유 때문에 덩어리가 큰 집단일수록 개체의 시선으로 봤을 때 답답하고 한심하고 굼벵이 같으며 무능하고 부도덕해 보인다.

씁쓸하지만 뮬 공국은 약소국이다.

약하기 때문에 기침 한 번 하는 것도 주변의 눈치를 살펴야 하는 신세다.

특히, 카페니스 제국.

"놔! 씨댕아. 너 얼굴 똑똑히 기억해 뒀다. 밤길 조심하고 문단속 잘해라. 씨발 놈아!"

"내 발로 간다. 간다고 개새야. 밀지 마."

"돌아버리겠네. 씨발!"

건장한 체구에 험악한 인상을 지닌 청장년들이 헤라시 치안대의 급습을 받고 모조리 포박당했다.

한데 포박당한 놈들은 도리어 큰소리치며 치안대를 협박하기까지 했고 몇몇은 치안대 관원들과 쑥덕거리는 모습을 보여주었다.

긴장감 넘치는 범인 검거 현장이 아니라 마치 검거 예행 연습장 같은 분위기였다.

시민들이 나와서 이를 지켜보는데 속 시원한 표정 대신 다들 우려를 표하고 있었다.

사람들이 이러한 반응을 내비치는 이유는 불량배들이 저리 잡혀가도 사나흘이면 다시 돌아온다는 것을 알기 때문이다.

큰소리 뻥뻥 치며 끌려가는 망종들의 협박에 약한 모습을 보이는 치안대의 병사들, 이상해도 너무 이상한 광경이 아닐 수 없다.

불량배들이 끌려 나온 곳에서 젊은 여자들이 치안대의 도움을 받아 속속 나온다.

시궁창에 버려질 뻔한 처지에서 무사히 구원받은 그녀들

은 기쁨의 눈물을 감추지 못했다.

그녀들에게 오늘 밤은 법과 정의가 살아 있는 밤으로 기억될 것이다.

끌려가던 불량배들이 여자들을 향해 서슴없이 희롱과 협박을 했다.

"나중에 보자."

"달아날 생각하지 마라. 뛰어봐야 벼룩이니까."

"킥킥, 저년 쫄깃쫄깃 맛있었는데. 야! 며칠 있다 보자."

"밀지 마쇼. 쳇."

저놈들은 뿌리가 뽑히지 않는 잡초다.

지금은 저렇게 잘려 나가지만 잘려 나간 부분은 금세 회복된다.

불편하고 부당하지만 이것이 현실이다.

잠시 잠깐 이들에게 제동을 건 사람은 엘리자베스 공주이고 그녀를 움직인 이는 비공식 견습 마법사 딕스다.

체포 현장에 나와 돌아가는 상황을 지켜보던 엘리자베스 공주는 딱딱하게 굳은 얼굴로 장난 같은 현장에서 몸을 돌렸다.

준비된 마차가 앞으로 재깍 와서 멈춘다.

열린 문 안으로 모두가 들어가고 문이 닫힌다.

탁!

그 소리와 함께 마차는 밤길을 힘차게 내달린다.

마차 안에 타고 있는 그 누구도 입을 열지 않았다.

딕스는 창틀에 머리를 기대고 있었다.

마차의 진동이 머리에 그대로 느껴진다.

익숙한 진동이지만 오늘의 이 익숙함은 어제의 그 익숙함과는 확연히 달랐다.

조국 뮬, 그 조국을 핍박하는 제국.

소년은 이제껏 이 점을 크게 생각하지 않았다.

그는 그저 남에게 해를 끼치지 않고 자신만 열심히 살면 그뿐이라고만 생각해왔다.

한데 오늘 이러한 생각에 처음으로 변화가 일어났다.

가업이 망하면 그 가업에 매달리던 가족은 길거리에 나앉고 영지전에 패한 영지의 영지민은 비참한 신세로 전락한다.

영지의 확대판을 국가로 생각하니 조국의 상황은 풍랑을 만나 만신창이가 된 배였다.

언제 침몰할지 모를 부실한 뮬 공국호! 여기에 자신과 가족이 타고 있다.

'기회를 봐서 제국으로 이민이나 가버릴까? 아니지, 그 쪽으로 갔다간 오히려 쪽박 찰 수 있어.'

이민자에 대한 텃세가 심하기로 유명한 나라가 바로 제국이다.

입소문은 과장이 첨가되게 마련이지만 구름 없는 하늘에서 어찌 비가 내릴까! 그렇다면 제국이 아닌 다른 곳을 알아봐야 하지 않을까 싶다.

한낱 미물인 토끼도 제 살길을 도모하기 위해서 여러 개의 굴을 수고하여 파는데 사람이 토끼보다 못하단 소리를 들어야 쓰겠는가.

"딕스, 무슨 생각을 그리 골똘히 하니?"

애국심을 곱게 물 말아먹고 있던 소년은 공주의 부름에 화들짝 놀랐다.

도둑이 제 발자국 보고 놀란다는 말이 있다. 지금의 딕스가 딱 그 짝이다.

"예? 무, 무슨……?"

"너도 그 죄인들에 대해 생각하는 거니?"

딕스는 비겁하고 부끄러운 자신의 속내가 들키지 않은 것에 만족할 따름이다.

"아… 예, 예."

"휴, 어린 너에게 참 못난 꼴을 보였구나."

공주의 어감엔 깊은 자괴감이 깔려 있었다.

어찌 그렇지 않겠는가! 제 나라의 백성을 외국에 팔아먹던 파렴치한 일당을 검거하고도 제국과의 외교 문제를 염려해 중벌을 내리지 못했다.

이 때문에 공주는 부끄럽고 참담한 마음에서 헤어 나오지 못하고 있었다.

공주의 이러한 심정을 이해했기에 다들 입을 다물었다.

사람들이 불편해하는 것을 뒤늦게 알게 된 공주는 분위기를 바꾸려고 했고 이를 위해 그녀는 딕스가 적당하다고 판단해서 말을 걸었다.

　"아닙니다. 공주님은 오늘 굉장히 멋있으셨어요. 위기에 처한 여자들을 구해주시고 악당도 벌하셨잖아요."

　보통 저 나이 때의 아이들은 현상을 통해 생각하고 판단한다.

　단순한 그 시선으로 봤을 때 오늘 일은 분명 공주의 활약상이 크다.

　그러나 폭넓은 식견을 가진 자들에게 오늘 일은 생색내기로밖에 비쳐지지 않는다.

　근본적인 대책이 마련되지 않았기 때문이다.

　소년은 더도 덜도 말고 제 나이에 딱 맞춰서 이야기했다. 긴말 나오지 않도록.

　"그래, 그리 생각해 주니 고맙구나."

　분위기 전환은 오늘 중에는 무리라고 여긴 공주는 입을 다물었다.

　마차에 다시 정적이 찾아들었다.

　힐끔.

　안 보는 척하면서 공주의 얼굴을 훔쳐보는 딕스.

　'공주님도 나름 할 만큼 했어요. 그러니 그렇게 침울해하지 마세요. 언젠가 이 나라도 쨍하고 해 뜰 날이 오지 않겠어요?

진심을 담아 마음속으로 이리 그녀를 위로해 본다.

그녀는 칭찬과 사랑을 듬뿍 받아도 될 만큼 훌륭한 자질을 가진 왕족이다.

이제 그녀에 대한 생각은 여기서 끝.


'당분간 물을 인식하는 수련을 해봐야지.'

어차피 마차로 이동하는 동안엔 할 일이 없다.

고도의 집중력을 요구하는 마력 문장 수련은 이곳에선 그 자체가 삽질이다.

그 시간에 차라리 얼마 전 손에 잡힐 듯했던 물을 인식하는 수련을 하는 게 낫다.

꿈속에서 가능했던 힘의 운용 방법을 깨우친다면 어떤 상황에서든 제 몸 하나 정도는 충분히 건사할 수 있을 터였다.

\*　　　\*　　　\*


뮬 공국은 다섯 나라와 국경을 면하고 있다.

남쪽 카페니스 제국.

동쪽 아리온스 왕국.

북동 리만 부족 연합.

북서 싱그로아 왕국.

서쪽 헥센 왕국.

지난 시절, 공국은 왕국을 선포하려는 야심찬 계획을 세웠다가 실패하고 말았다.

지지를 약속했던 나라의 잇따른 외면 때문이었다.

이때부터 공국에 대한 제국의 간섭이 노골적으로 바뀌었다.

동북부 순찰사.

이러한 관명을 받고 출궁한 엘리자베스 공주의 진정한 목적은 오랫동안 소원했던 아리온스 왕국과 리만 부족 연합과의 관계 개선을 모색하기 위한 비밀 회동에 참석하기 위함이다.

이 일은 공국에서 단 세 명만이 알고 있다.

공왕 알리힐과 재상 벤자민, 그리고 당사자인 공주뿐이다.

그런데 제국의 정보부와 공국 내 제국파 귀족들은 공주의 출행에 의문을 품고 사람을 붙였다.

호위 기사 중 놈들의 간자가 있었다.

공주는 그 간자를 색출하기 위해 자신의 수호 기사 스칼렛을 통해 기사 전부를 은밀히 살펴보게 했다.

아직까지 간자로 의심되는 기사는 발견되지 않았다.

내색은 없었지만 공주는 이 때문에 하루하루 애를 태웠다.

헤라시를 출발한 공주 일행은 어느덧 동부 5군단이 주둔 중인 함블 요새에 도착하여 여장을 풀었다.

'빈센트 백작령이구나!'

딕스는 감회에 젖었다.

고향 페논이 얼마 남지 않아서였다.

요새의 사령관 케이네 백작이 공주 일행을 위해 만찬을 베풀었다.

딕스 역시 이 자리에 참석했고 소년은 케이네 백작으로부터 기쁜 말을 들었다.

"많이 컸군, 딕스 군. 아니, 이제 경이라 해야겠군. 하하."

"감사합니다. 백작님."

소년은 진심으로 환하게 웃었다.

그 뒤로 어른들이나 관심을 기울일 국내외 현안에 대한 열띤 토론이 벌어졌다.

소외되었지만 소년은 섭섭하지 않았다.

눈치를 보다가 기회가 오자 딕스는 이 자리를 빠져나와 자신에게 배정된 방으로 돌아왔다.

이 방은 소년에게 구면이다.

테라스로 나가는 출입구 창문의 쇠고리가 아래로 축 쳐져 있다.

이를 본 딕스는 이전 일이 떠올라 저도 모르게 움츠렸지만 곧 움츠러든 몸을 회복했다.

자신은 더 이상 10개월 전의 힘없는 재능자가 아니다.

방 안을 스윽 둘러본 딕스는 커다란 화병을 향해 팔을 뻗더니 우아하게 손을 놀렸다.

그 손짓에 따라 화병 안 물이 조용히 솟구쳤다.

비단 이 화병 속의 물만 모이는 게 아니었다.

놀랍게도 방 안 곳곳에서 물줄기가 달려와 이 덩어리에 합류했다.

경이로운 현상이 아닐 수 없었다.

출렁.

'저택의 모든 물을 움직일 수 있다.'

하고자 하면 저택의 모든 물을 움직일 수 있었다.

물과 자신에 대한 분별력을 극복한 결과였다.

소년의 이와 같은 능력은 실상 다른 견습 마법사도 수련을 통해 얼마든지 발휘할 수 있다.

그러나 소년처럼 막대한 수량을 한꺼번에 그리고 뜻대로 정확하게 움직이지는 못한다.

이는 소년의 특별한 점 때문에 가능하다.

다른 재능자와 달리 딕스는 물의 핵 본체가 직접 정신에 안착했다.

이 핵의 본체로 인해 소년의 마나 양은 다른 이들이 상상할 수 없을 만큼 풍부했다.

이 두 가지 요인이 맞물려서 소년은 강력한 돌연변이 견습 마법사가 되어버린 것이다.

"공주님이 벌써 오셨나? 그럴 리는 없을 텐데."

느낌인지 모르지만 공주는 여정 내내 드문드문이기는 하나 오늘과 같은 토론 분위기를 의도적으로 만들었고 꽤나 늦게까지 거기에 머물렀던 것으로 기억한다.

처음 몇 번은 자리를 뜨는 게 실례일 것 같아 억지로 앉아 있다가 그 뒤로는 요령껏 그 자리를 피했다.

오늘도 그와 같은 경우로 앞서의 경험으로 비추어 볼 때 저 두꺼운 벽 안쪽에서는 인기척이 없어야 한다.

한데 소년은 어떻게 두꺼운 벽 안쪽의 상황을 알 수 있는 걸까? 그 이유는 공주의 방 안에 있는 물 때문이다.

지금 그 물이 인기척을 소년에게 전하고 있었다.

의문이 든 딕스는 테라스로 나갔다.

공주 방의 테라스가 보인다.

두 테라스의 거리는 5미터로 평범한 인간이 단숨에 건너가기 힘든 먼 거리다.

딕스에게 그 거리를 건너뛸 마음은 처음부터 없었다.

직접 가지 않더라도 공주의 방을 살필 수 있는 방법이 있었기 때문이다.

딕스의 손짓에 따라 물 덩이가 반대편 테라스 쪽으로 날아갔다.

물 덩이가 넓게 퍼지며 공주의 방을 비추었다.

물의 거울을 이리저리 조절하며 내부를 살피던 딕스는 의외의 인물을 공주의 방에서 보게 되었다.

‘어? 하일스 경이잖아.’

소년이 눈살을 찌푸린다.

하일스의 행동은 누가 봐도 도둑질하려는 자의 움직임이었다.

저 모습은 딕스가 알던 기사 하일스의 평소 모습이 아니었다.

대체 저 방에서 그는 무엇을 찾고 있단 말인가.

‘스칼렛 경에게 알려……’

심상치않은 느낌을 받은 딕스는 물의 거울을 거두려 했다.

그때, 하일스가 몸을 돌리다 우연히 물의 거울을 보게 되었다.

하일스 역시 이 거울을 통해 딕스를 볼 수 있었다.

흉악하게 일그러지는 하일스의 얼굴…….

살심이 풍긴다.

촤아악.

통제와 조절이 이루어지지 않자 물의 거울은 평범한 물 덩이가 되어 아래로 쏟아졌고 하일스의 무시무시한 얼굴을 본 딕스는 너무 놀라 그 자리에서 엉덩방아를 찧었다.

단숨에 테라스로 튀어나온 하일스.

그를 보자마자 헐레벌떡 달아나는 딕스.

하일스는 단숨에 소년의 방 쪽 테라스로 넘어왔고 그 순간 소년은 창문을 닫는 것과 동시에 쇠고리를 걸고 있었다.

딸칵!

이 소리와 동시에 성큼 다가온 무시무시한 얼굴의 하일스와 겁에 질려서 주춤 뒤로 물러선 딕스.

두 사람은 투명한 유리창을 경계로 서로를 마주하고 있었다.

딕스는 보았다. 하일스의 손이 검을 쥐는 것을! 저 유리창이 기사를 막을 수 없음을 안다.

눈길을 회피하거나 방 밖으로 나가려는 행동을 한다면 저 창문과 함께 동시에 박살나고 말 것 같았다.

'이, 이게 뭐야!'

무섭다. 떨린다.

사람의 눈이 저리 무서울 수 있을까 싶다.

마주 보고 있으니 다리가 후들거리고 머릿속이 송곳으로 찔리는 듯하다.

그러나 이대로 가만히 있을 수는 없다.

딕스는 은밀하게 물의 힘을 모았다.

그 순간 하일스가 움직였다.

그 바람에 딕스는 힘을 모으는 데 실패하고 말았다.

아이 하나 잡겠다고 오러를 쓰다니.

그 오러는 미세한 창문 틈을 파고들어 와 쇠고리를 소리 없이 잘라냈다.

그걸 본 딕스의 얼굴이 하얗게 질렸다.

그의 머릿속은 얼굴보다 더 하얗다.

오리를 구경하고 싶었지만 이딴 식으로는 결코 보고 싶지 않았다.

방문보다 세면대의 문이 더 가깝다.

방문을 선택한다면 소 잡는 칼로 병아리 잡으려는 저 미친 놈이 전력을 다해 뛰어올 것이다.

방문 고리를 잡기도 전에 당할 수 있다.

검에 몸이 절단 나면 많이 아플 텐데.

'집 나오면 고생이 아니라… 마법부 나오니까 완전 개고생 하는구나!'

덜덜덜.

반대로 세면장으로 도망간다면 막다른 곳이라 천천히 올지 모른다.

세면대……! 그리고 보니 세면대엔 물이 있지 않은가.

저 안에선 물을 모으는 수고와 시간을 낭비할 필요가 없다.

놈의 손에 천천히 창문이 열린다.

휙.

딕스는 젖 먹던 힘을 다해 세면장으로 뛰어 들어가는 동시에 문을 쾅 닫았다.

그러곤 미친 듯이 수도꼭지를 돌렸다.

'바, 반대구나!'

급하니 별게 다 속 썩인다.

쏴아아아악.

상쾌한 이 소리에 소년은 숨통이 그제야 뻥 트이는 기분이었다.

"불운을 타고난 놈이군."

불운? 누가 불운한지 최종회까지 가서 이야기하자!

딕스는 이를 악물었다.

여기서 정신줄을 놓았다간 목숨줄도 더불어서 놓아야 하는 절박한 상황이다.

"하일스 기사님……. 우리 서로 못 본 척하면 안 될까요?"

말로 해결 볼 수 있지 않을까 싶어서 말을 붙인 게 아니다.

물의 양이 더 필요해서 시간 끌기용으로 말을 붙인 것이다.

"미안하지만 난 자네를 믿을 수 없다네. 딕스 경."

세면장의 문이 열렸다.

'아! 문을 안 잠갔구나!'

하긴 오러를 다루는 기사에게 나무 문 여는 일쯤이야 커튼 젖히는 것보다 쉬우리라.

이제 물이 차올랐다.

이 비술을 익히지 않았다면 쥐도 새도 모르게 죽… 아니, 이런 상황 자체가 생기지 않았겠구나!

등가교환이란 단어가 떠오른다.

벌컥.

문이 완전히 열렸다.

하지만 나름 준비를 마친 딕스였다.

"이거나 처먹고 뒈져라!"

좌아아아악.

*　　　*　　　*

평범한 자도 아닌 기사와 대적한다.

그것도 오러를 다루는 소드익스퍼트!

진정한 기사라 불리는 그런 자를 상대로 겨우 열세 살 꼬맹이가 싸워야 한다.

물론 그 꼬맹이는 평범하지 않다.

그렇기 때문에 위기의 순간 자신이 유리한 곳으로 기사를 끌어들였다.

'그래, 오늘 한번 제대로 죽어보자!'

빠드득!

딕스는 기사 하일스를 향해 두 개의 주먹만 한 물 덩이를 날려 주의력을 분산한 뒤 곧장 큰 물을 뒤집어씌웠다.

소년이 날린 물 덩이는 용기에 담겨 있지 않아도 쏟아지지 않았고 그 형체가 무너지지도 않았다.

하일스의 상반신 위쪽은 그 물에 완전히 잡혀 버렸다.

상식을 벗어난 급작스러운 공격에 기사는 크게 놀라 허둥거렸다.

그 순간 기사의 입과 코와 눈과 귀로 물이 세차게 밀고 들어갔고 기사는 더더욱 정신을 차릴 수 없었다.

보글보글.

한 번 당해보니 이 물은 쇠 그물보다 더 튼튼하고 오거의 힘줄보다 더 질겨서 자력으로는 도저히 어찌할 방법이 없었다.

하다못해 밀고 들어오는 물이라도 없었더라면 평정심을 유지할 수 있으련만 그렇지 않다 보니 죽을 맛이 있다면 이런 맛이겠구나! 라는 생각이 절로 들었다.

보글보글.

하일스는 익사를 면하기 위해 사력을 다해 발버둥 쳤다.

다급한 마음에 손으로 뜯어보고 몸을 이리저리 날려도 보았고, 굴러도 보았다.

그랬음에도 물은 제 몸을 집어삼킨 채 떨어져 나가지 않았다.

이는 공포였다.

손써볼 수 없는 지독한 악몽이었다.

물이 이처럼 무섭고 끔찍한 고문 도구라니…….

물에 뛰어들어 자살하는 자들이 참으로 독한 종자란 생각이 들었다.

아니, 그들은 진정 이 고통과 두려움을 몰라서 선택했으리라.

딕스는 기사의 발버둥을 지켜보며 내내 마음이 조마조마 했다.

혹시라도 저기서 벗어나 자신을 향해 당장 달려들어 이 몸 뚱이를 난도질하지 않을까 싶어서였다.

그래서 잠시도 기사에게서 눈을 떼지 못했으며 자신이 실수라도 하면 어쩌나 싶어서 물에 대한 통제력과 조절 능력을 상실하지 않기 위해 악착같이 매달렸다.

그 결과 소년은 자신도 인지하지 못한 새로운 결과를 만들어 내고 있었다.

기사의 얼굴에 뚫린 모든 구멍 안으로 물이 밀고 들어가는 현상이 바로 그것이었다.

이 때문에 기사는 코앞에 소년이 웅크리고 있었지만 공격은 꿈에도 생각하지 못했다.

아니, 소년에 대해 아예 잊어버렸다.

기사가 당면한 상태는 물에 잠겨 숨을 못 쉬는 수준을 초월했다.

아득한 공포와 절망과 고통이다.

여기선 오직 한 가지밖에 할 수 없었다.

몸부림뿐이다.

흔들.

눈동자가 완전히 까뒤집어진 기사는 강물도 바다도 아닌 세면장에서 익사하는 기상천외한 죽음을 당하고 말았다.

기사가 죽기 직전까지 받은 고통이 어떠한지 처참하게 일그러진 그 얼굴이 여실히 말해주고 있었다.

그의 죽어가는 모습을 눈 한 번 깜빡이지 않고 내내 지켜보았던 소년의 몸이 벽을 타고 아래로 주르륵 미끄러졌다.

"헉헉헉……"

소름 끼치는 경험이었다.

사람이 익사당하는 과정 하나하나를 놓치지 않고 본다는 것은.

자신과 남을 명확하게 구분 짓는 소년에게도 하일스가 죽어가는 과정은 자신이 당하는 것처럼 몸서리치게 끔찍한 일이었다.

하지만 결과는 대만족!

열세 살 소년이 일대일로 싸워 소드익스퍼트 기사를 제거했다.

이 일이 소문난다면 세상은 이 소년을 이렇게 부르지 않을까? 전대미문의 견습 마법사! 라고 말이다.

다리가 완전히 풀려 버린 딕스는 십여 분을 그대로 주저앉아 있었다.

그러다 이대로 계속하여 있을 수 없다는 생각이 들어 억지로 몸을 일으켰다.

기사 하일스는 여전히 상반신 전체가 물에 감겨 있었고 그 배는 만삭의 임산부처럼 빵빵하게 부풀어 있었다.

저러다 '빵' 하고 터지지 않을까 걱정스러울 지경이다.

딕스가 막 이러한 생각을 했을 때, 믿을 수 없게도 기사의 배가 폭발했다.

세면장은 기사의 내장과 핏물로 인해 순식간에 엉망이 되었다.

"끄, 끄아아아아아아아아아—악!"

잔혹, 엽기, 호러 앞에서 열세 살 소년의 정신은 쇠망치로 두들겨 맞은 듯한 충격을 받았다.

소년은 비명을 내지르며 기사의 끔찍하게 망가진 시체를 밟고 세면장을 빠져나왔다.

세면장에 덩그러니 남은 하일스, 폭발한 그의 뱃가죽에서는 맑은 물이 샘솟고 있었다.

울컥울컥!

*　　　*　　　*

하일스의 시신이 병사들의 손에 수습됐다.

기사의 참혹한 시신을 본 자들은 하나같이 몸서리를 치며 그 자리에서 토악질을 했다.

딕스는 케이네 백작이 다시 내어준 방에 들어가 있었다.

다들 소년의 정신 건강을 염려해 주었다.

성인도 마주 보기 힘든 끔찍한 시체를 홀로 봤으니 그 심정이 어떻겠는가.

사람들의 관심과 걱정이 소년을 포근히 감쌌다.

경황이 없어서 다들 한 가지 사실을 간과한 게 있다.

기사 하일스가 어찌하여 소년이 묵고 있는 숙소 세면장에
서 그처럼 끔찍하게 살해당했냐는 것이다.

툭툭.

패트릭의 듬직한 손이 딕스의 어깨를 가볍게 두드린다.

소년을 바라보는 기사의 두 눈엔 진심으로 걱정하는 기색
이 역력했다.

"좀 쉬도록 하시오. 딕스 경."

나이를 떠나 두 사람은 친구가 되었다.

우정을 나누었지만 패트릭은 여전히 어린 친구에 대한 태
도에 변화를 주지 않았다.

누가 보면 두 사람이 참으로 서먹서먹한 사이라 생각할 것
이다.

"전 괜찮습니다. 저보단 공주님이 걱정입니다."

소년의 비명을 듣고 저택이 발칵 뒤집어졌다.

사람들이 살인 사건 현장에 도착했을 때 그중에는 엘리자
베스 공주도 있었다.

그녀는 하일스의 끔찍한 시체를 보고 사색이 되었다.

그 안색이 어찌나 안돼 보였던지 딕스는 그녀의 어깨를 토
닥여주고 싶었다.

사람들은 소년이 충격을 받지 않았을까 우려했지만 실상
그들이 우려해야 할 사람은 그가 아니라 엘리자베스 공주였
다.

　"공주님껜 스칼렛 경과 루시 시녀장이 곁에 있으니 걱정
마시오. 그보다… 흠, 오늘 밤 곁을 지켜주리다."

　"……?"

　"아! 그리 보지 말게. 난 그저 자네가……."

　"아뇨, 전 괜찮습니다. 정말 괜찮으니 돌아가서 쉬세요."

　패트릭은 딕스를 보았다.

　소년의 말처럼 정말 멀쩡해 보인다.

　그러고 보니 예전 도적 떼를 가장한 놈들을 처치하던 장면
을 보고도 소년은 담담했었다.

　이러한 생각이 들자 하일스 살인 사건에 의문이 샘솟았다.

　그는 어찌하여 그처럼 무참하게 살해당하고 그 시신이 소
년의 세면장에 있었단 말인가.

　안정을 취해야 하지 않을까 싶어 소년에게 정확하게 묻지
않았다.

　하일스의 사건은 그 사안이 중차대하다.

　그가 바로 왕실 근위기사대에 소속된 기사이기 때문이다.

　혹시나 하는 마음에 패트릭은 소년을 바라보며 입을 뗐다.

　"딕스 경, 혹시… 하일스 경의 사인에 대해 아는 게 있소?"

　어린 소년이 성인 남자, 그것도 소드익스퍼트 기사의 죽음

에 어떤 연관이 있겠는가! 마음 한편에 의문이 아예 없는 것은 아니지만 일단 이를 배제하는 패트릭이다.

딕스를 쳐다보는 패트릭의 눈빛이 진지하고 예리하다.

표정을 무겁게 고친 소년이 입을 연다.

"제가 그리했습니다. 패트릭 경."

딕스는 이 일을 숨기지 않았다.

본격적인 수사를 진행하면 어차피 밝혀질 일이다.

거짓을 말한다면 친구도 잃고, 신용도 잃는다.

그럴 바에는 처음부터 진실을 말하는 게 상책이다.

패트릭은 적잖은 충격을 받은 듯 얼굴빛마저 크게 바뀌었다.

"어, 어떻게?"

"휴우, 이 사실은 저와 공주님만의 비밀입니다. 하지만 상황이 이러하니 밝히지 않을 수 없게 되었군요. 패트릭 경, 사실 전 견습 마법사입니다. 공주님께서 주변의 시기와 질투를 받을 수 있다 하셔서 이를 그동안 숨겼습니다."

딕스는 패트릭을 조용히 바라보았다.

차분하고 흔들림 없는 소년의 맑고 진중한 눈빛에 패트릭은 꽤나 충격을 받았는지 한동안 입을 열지 못했다.

"상황을… 말해주게."

"알겠습니다. 이 사건의 발단은 이렇……."

소년의 이야기가 진행될수록 패트릭의 표정은 더욱더 굳

어지고 있었다.

기사 하일스. 그는 가지 말아야 할 장소에 갔고 해서는 안될 행위를 했다.

명예롭지 못한 기사의 행위는 죽어 마땅하지만 이는 일방의 진술이다.

보다 확실하게 알기 위해서는 세밀한 수사가 요구된다.

문제는 이 소년이다.

'공주님께 이 일을 상의해야 하겠구나. 하지만 공주님의 상태가 그러시니······.'

패트릭은 무거운 마음을 금할 길이 없었다.

여기 남아봐야 소년에게 하등 도움이 될 것 같지 않았다.

오히려 자신으로 인해 소년이 방해받을 것 같단 느낌만 들었다.

소년이 진실을 말해주었기에 패트릭은 소년에 대한 신체 구속을 하지 않기로 했다.

여기엔 패트릭 개인의 감정도 들어가 있었다.

우정이란 사감.

"잘 들었네. 내 이 일은 공주님과 상의할 테니 자네는 당분간 자숙··· 하아, 아닐세. 자네가 알아서 잘 처신할 테니 긴말하지 않겠네. 그럼, 쉬게."

타악.

패트릭이 나가자 딕스는 그제야 꾹꾹 눌러두었던 숨을 한꺼번에 몰아쉴 수 있었다.

살인자!

이러한 타이틀은 장차 자신을 대하는 사람들에게 거리감
으로 작용할 것이다.

방금 보았던 패트릭의 태도처럼 말이다.

꼬맹이라서 좋은 이점이 오늘로써 싹 사라져 버렸다.

그렇다면 자신의 존재 가치를 실력으로 입증해야 한다.

그러자면 더욱더 부단하고 가열찬 수련을 통해 스스로 큰
나무가 되어야 한다.

모진 비바람에도 꺾이지 않는 그런 강한 남자가.

'일단 가족의 무사함을 확인하는 게 급선무다.'

단 몇 시간 만에 소년의 분위기가 크게 달라진 듯하다.

기사 하일스의 사건이 원인인지 아니면 고향에 거의 당도
했다는 생각에서 갖게 된 안도와 걱정이 변화의 주된 이유인
지는 알 수 없다.

다만 한 가지 분명한 것은 소년이 지금 스스로를 변화시켜
야 할 시점이라 생각하고 있다는 점이다.

소드익스퍼트 기사를 해치운 열세 살 소년.

이러한 진실을 아는 자들이 자신을 바라보는 시선은 더 이
상 예전 같지 않으리라.

패트릭의 태도가 소년에게 이러한 생각을 갖게 하는 결정
적인 계기가 되었다.

"일단은… 잠이나 자자."

졸음이 몰려온다. 깊은 잠을 잘 수 있을 것 같다.

오늘 밤은 다른 날과 달리 꿈속이 사납겠지만 까짓것 사나우면 더 사납게 몰아붙이면 된다.

쿨쿨쿨.

잠들기 전 소년의 걱정은 한낱 기우였다.

그 밤, 소년은 무방비 상태로 깊은 숙면을 취할 수 있었다.

『딕스전기』3권에 계속…

# 말년병장, 이등병되다!

**에바트리체 장편 소설**

FUSION FANTASTIC STORY

대한민국 남자라면 알고 있을 바로 그 이야기!

## 『말년병장, 이등병 되다!』

전역을 코앞에 둔 말년병장, 이도훈.
꼬장의 신이라 불리던 그가 갑자기 훈련병이 되었다?!

**"…이런 X같은 곳이 다 있나!"**

## 전우애 넘치는 군인들의
## 좌충우돌 리얼 군대 이야기!

Book Publishing CHUNGEORAM

유행이 아닌 자유추구 -
WWW.chungeoram.com

# LORD

FANTASY FRONTIER SPIRIT

## RAY SHADE

영주 레이샤드

한승현 판타지 장편소설

저주받은 영지 아베론의 영주 레이샤드.
**열다섯 번째 생일날,
정체불명의 열쇠가 그의 운명을 바꾸었다!**

『영주 레이샤드』

시험의 궁을 여는 자, 원하는 것을 얻으리니!
시련을 극복하고 새로운 땅의 주인이 되어라!

**레이샤드의 일대기가 시작된다!**

Book Publishing CHUNGEORAM

유행이 아닌 자유추구 -
WWW.chungeoram.com

# FANATICISM HUNTER

# 광신사냥꾼

### 류승현 판타지 장편 소설
FANTASY FRONTIER SPIRIT

『블레이드 마스터』의 류승현 작가가 펼쳐내는
판타지의 새로운 신화!

마도대전을 승리로 이끈 유리언 대륙의 영웅,
최강의 아크 메이지 제온!

그러나 '세상의 섭리'에 아내와 아이를 빼앗기는데……

『광신사냥꾼』

만약 그것이 정말로 세상의 섭리라면,
그마저도 무너뜨리고 말리라!

복수를 위한 제온의 위대한 여정이 시작된다!

Book Publishing CHUNGEORAM

유행이 아닌 자유추구 —
WWW.chungeoram.com